「どうか痛みに耐えておくれ。これが、番の誓いだ」
神々しさすらある言葉のあと、背後から首筋を舐められた。

（本文より抜粋）

DARIA BUNKO

貴公子アルファと桜のオメガ

弓月あや

ILLUSTRATION 明神 翼

ILLUSTRATION
明神 翼

CONTENTS

貴公子アルファと桜のオメガ

【prologue】

朔実が目を開くと、部屋の中は月の光で満ちていた。

窓から見える月灯かりが、とても輝いているからだ。いつも見る月と何も変わらないはずなのに、なぜだか神秘的に映る。

「目が覚めましたか」

声がするので視線だけ動かすと、そこには背の高い男性が立っている。でも妙に目がぼんやりしていて、姿がちゃんと捉えられない。

目をパチパチさせて輪郭をハッキリさせようとすると、長い指がスッと朔実の瞼を覆ってしまった。完全に何も見えない暗闇になってしまった。

でも、それは不安な気持ちを掻き立てる、真っ暗闇じゃない。

温かくて優しい、守ってくれる漆黒。

まるでママのお腹の中にいた時みたいな、そんな懐かしさだった。

「あの、ぼく……?」

「こうやって手を握っていれば、怖くないでしょう。このまま眠ってしまいなさい」

質問を禁じる囁(ささや)きは強引だけど、少しも高圧的じゃない。

小さい頃、ママに叱(しか)られてベッドに逃げた時みたいな、そんな高揚感を思い出す。

「よく頑張ってくれましたね」

深い声音なのに、震えて聞こえるのは気のせいじゃない。

彼は朔実が横たわるベッドの枕元に立つと、そのまま跪(ひざまず)いた。

「愛する私の朔実。ありがとう。天使を私の許(もと)へ案内してくれて、本当にありがとう。この感激をどう伝えたらいいか。感謝します」

天使って？　質問しようとすると、柔らかいもので唇を塞がれた。

キス。キスだ。

「……ああ。感謝以外の、言葉が見つからない。私の頭の中には、なんて陳腐(ちんぷ)なものが詰まっているのだろう」

真っ暗な中、誰ともわからぬ男とキスをしているのに、少しも怖くない。気持ち悪くもない。

もっとキスをしたい。抱きしめ合いたい。

そう思っていても、クタクタに疲れた身体(からだ)は言うことを聞いてくれない。朔実の意識は、あっという間に夢の世界へと引きずり込まれた。

いや。今いるところが夢の世界？　じゃあ、現実の世界ってどこ？

彼は朔実の手を取ると、その指にそっとキスをした。そして自らの頬を押し当てる。
「ありがとう、朔実」
その時、瞼の裏に何かがヒラヒラ舞うのが見えた。
桜だ。
桜の花びらが、散っているのだ。
何が本当で何が夢なのだろう。
本当の世界は存在するのか。
ここは楽園なのかもしれない。
くるくるくるくる視界は回り、きらきらパチンと、はじけて消えた。

1

「あの、――――何か用ですか？」

ふだん穏やかな朔実らしからぬ、つっけんどんで、きつい声が出た。

祖父の見舞いから自宅アパートメントに戻った朔実の前に、立ち塞がったのは屈強そうな大柄の男たちだった。彼らに朔実は、囲まれていた。

三人の男は全員が黒のサングラスをかけ黒いスーツという、ある意味ですごくわかりやすい格好をしている。何がわかりやすいかというと。

（胡散臭く、決して友好的ではないということ）

朔実は、ほっそりと華奢な身体つきをしていたし、大きな瞳に長い睫。小づくりな顔立ちだった。ヘアカットに行っていないせいで、髪も耳にかかる長さになってしまった。そのせいで女の子と誤解しているのだろうか。確かに子供の頃はよく間違えられた。

その上、朔実は十八歳という年齢になっても、男らしさとは無縁だった。

これは朔実の、長年のコンプレックスでもある。

だが、今はそれどころではない。なんとかしなくては。自分が誘拐されたり危害を加えられるわけにはいかない。その理由がないのだから。

「我々に同行していただきます」

前置きも何もなく切り出した男に、朔実は頭が痛くなる。

(そう言われて、ハイそうですかと同行する人はいない。ぼくだって、絶対にイヤだ)

顔には出さないよう注意しながら、言いたいことは、ちゃんと言う。

「どなたかと間違えていませんか。ぼくは水瀬(みなせ)というものです。特別な組織や宗教団体に属していませんし、家族や知人に政治関係者はいません。犯罪とも無縁です」

説明する朔実を、男たちは無表情で見つめていた。そして。

「わたくしどもが探している、朔実・セレソ・水瀬さまで間違いございません。お迎えに上がりました。ある方が、あなたをお呼びです」

フルネームで名指しされて、朔実の胃がキリキリ痛む。これは勘違いや、ましてや人違いなんかじゃない。彼らは自分に用があるのだ。

でも、心当たりもないのだ。取りあえず自己主張してみることにする。

「ある方って誰ですか。そんなの、ぜんぜん心当たりありません。ですから同行は拒否します。どうしてもとおっしゃるなら、一緒に警察に行きましょう。警察官の立ち合いのもとでしたら、お話を伺(うかが)います」

自分でも驚くぐらいの早口でまくし立てた。自分は平凡な生活を送っているから、トラブルに巻き込まれるはずがない。

普通と違うのは十歳そこそこで、両親と祖母が交通事故で亡くなってしまったこと。

一緒に暮らす日本人の祖父が、腰痛の治療でケアセンターに先週入ったこと。

そして。――朔実が、オメガだということ。

「くわしいことは、お連れした先でお話しします。ご同行いただけないのでしたら、無理にでもお願いすることになります。よろしいでしょうか」

話をしている男の後ろで、別の男がスーツの胸ポケットから、銀色の薄いケースを取り出し、開いて朔実に向ける。

そこには細い注射器が並んで納められていた。一気に朔実の血の気が失せる。シリンジの中には、すでに薬液が入っているのが見える。

要するに、騒いだらその場で注射される。中身はよくて睡眠薬、悪くて――。

「……む、無理にお願いするのは、よろしくないです」

「かしこまりました。それではお車にご案内いたします」

どうして。なんで自分が、こんな日に遭わなくちゃいけないのだ。

これ以上の抵抗は、事態をさらに悪くする。そう観念した朔実は渋々と男たちの言うことに従うことを決めた。

大人しくはしていたが、頭の中では、周りのものを叩き割りたい気持ちだ。

（おじいちゃん。ぼく、どうしたらいいと思う？）

先ほど笑顔で別れたばかりの、祖父の顔がよみがえる。思わず子供っぽい泣き言が浮かびそうになるが、それは虚しいばかりだ。

ここにいない祖父が、自分を助けてくれるわけがない。ましてや彼は今、重度の腰痛治療中。立ち上がることさえ困難な身で高齢者。当てにできない。

（自分でなんとかしなくちゃいけない状況だ。でも、……ちょっと怖すぎる）

自分しか頼れない、シリアスな場面。朔実は深く息を吸い込むと、この急場から逃げ出す方法を必死で考えた。

まさに命がけの算段をしなければならない、そんな状況だった。

□□□

この世界の人類は、三つの種別で構成されている。

ベータ。アルファ。オメガの三種だ。

人類の大多数を占めるのがベータ。彼らは圧倒的に数が多い。平凡ではあるが、勤勉で実直。善良で真面目と言われる。

ベータに比べ数が少なく、突出した才能と、恵まれた容姿を持つアルファ。彼らの多くが、金色の瞳を持つと言われている。

そして希少なアルファよりも、さらに数が少なく、絶滅寸前と言われるオメガ。

彼らは数が少ないだけではなく、極めて特異な能力を持つ。

思春期を過ぎたオメガは男女に拘らず、年に数回に渡って麝香と同じ種類の匂いを発し、十日あまりヒートと言われる発情を迎える。

男も女も関係なく発情し、妊娠しようとする。そんな極めて特殊で奇異な性質を、オメガは備えていた。

このために、世間の眼はオメガに厳しく、冷ややかだった。

それも当然で、ヒートを迎えた番のいないオメガは、種付けのことしか考えられない。誰彼かまわず交尾しようとするからだ。

番と呼ばれる特定のパートナーを持つオメガは、この限りではない。しかし、若く未成熟なオメガは、まだ番を持っていないことも多い。

オメガはアルファを産むことができる、貴重な種だ。だが番を持たないオメガは、相手かまわず誘いをかける。媚薬香といわれる催淫剤に似た香りで、相手を誘惑するのだ。

当然ながらオメガは冷遇され、差別されていた。

オメガはアルファと番になり、子供を産み育てていればいい。個人の能力や個性はいらない。

そういう存在だった。

猫の発情期に似たヒート。特異な声を上げて淫(みだ)らに腰を高く上げ、雄猫を待つ雌猫。

考えただけで、ゾッとする。

自分もヒートを迎えたら、発情期の猫と同じになる。理性も何もかも消え失せて、ただ種が欲しいと男に腰を振る動物。妊娠のために、誰かれ構わず交尾しようとする、気持ち悪い姿に。

嫌悪と哀れみと、恐怖が綯(な)い交ぜになる。

（オメガは、人間じゃない）

（まだヒートは来ていないけど、このまま来なければいい）

（ヒートなんか嫌だ。今さらだけど、どうしてヒートなんてあるのかな。どうしてオメガにだけ、ヒートが発生するんだろう。……ぼくはベータに生まれたかった）

いつも思考は堂々巡り。自分のオメガ性を考えると、暗い気持ちになる。そして納得のいく答えなんか見つからないのだ。朔実はこっそり溜息をついた。

□□□

全身を黒い服で包んだ男たちが現れる数時間前。朔実は倫敦郊外(ロンドンこうがい)に建つ、のんびりした田舎町のケアセンターにいた。

「おじいちゃーん、来たよー」

朔実が扉を開きヒョイッと顔をだす。

すると、祖父の二河次郎が読んでいた新聞から顔を上げて「よう」と言った。

部屋は個室で、角部屋だから気がねがない。窓が大きくて解放感もあるし、快適そうだ。

「入院して三日経ったけど、どう？」

「どうもなぁ。周りが病人とケガ人ばっかりで、辛気くさいわな」

「ケアセンターだもん」

「リハビリ教えているのが、口の利き方ひとつ知らねぇ若造ばっかりでよ」

あっさり斬って捨てた若造というのは、たぶん理学療法士のことだろう。祖父は腰が悪くてここに来たのに、理学療法士を若造と一括してしまう。

ああ、こりゃ厄介な患者だろうな。朔実は苦笑いを浮かべる。

「お前が来てくれて、華やかになったわ。かわいい顔だからな」

「おじいちゃん、真面目にリハビリしてよ。ちゃんとやれば、前の生活に戻れるんでしょう？ぼくは、おじいちゃんと一緒に暮らしたいんだから」

ぶっきらぼうな言い方しかしないが、次郎は朔実に甘かった。

「おれだって、ケアセンターなんか好きこのんで来るか。……ああ。年を取るのは、嫌なもんだな。腰が言うことを聞きゃしねぇし、孫に迷惑をかけるたぁ情けねぇ」

ふだん威勢のいい祖父がそう言うのに、朔実はううん、と頭を振った。

「迷惑なんかじゃないよ。それより！　早く腰を治して帰ってきてよ！」

「なんでぇ。おれがいない三日でギブアップか。ネックは掃除か洗濯か炊事か」

「――――おりょうり」

「あー……。アレは、センスの問題だからな」

朔実の唇から、重い溜息が出る。料理は手際とセンスが重要。だが、朔実には二つとも欠けている。いや、欠けているというより無い。皆無だった。

□□□

次郎は二十歳そこその頃に日本から英国に移住して、英国の女性と結婚した。朔実の祖母だ。二人は一女をもうけた。成長した娘は、こちらで知り合った日本人の男性と結婚して、生まれたのが朔実だ。

祖母から受け継いだ榛色の瞳を持つ朔実は、オメガとして生まれた。

今までベータしかいなかった家族は、初めてのオメガである朔実の出生に、最初は戸惑った。けれどみんなが朔実をかわいがってくれた。幸福な家庭だった。

だが、不幸は突然やってくる。

両親と祖母が乗っていた車が衝突事故に巻き込まれ、三人全員が亡くなるという、大惨事となってしまった。

あまりにショッキングな出来事に、気っ風がよく陽気な祖父も、明るく人懐っこい性格の朔実も、しばらくは萎れたように暮らしていた。

朔実はハイスクールまではなんとか修了したが、大学には行かなかった。どうしても進学して学びたいこともなかったし、また新しい環境でオメガとして認識され、差別される。考えただけで、ウンザリだった。

結局、家で細々と内職の道を選んだ。パソコンを使った、簡単な入力作業だ。幸い丁寧で正確な仕事が評価されて、依頼は途絶えることがない。

ホッとしていた矢先、今度は祖父の腰痛でハラハラする羽目になる。

ちょうど朔実がハイスクールを卒業した年のことだったので、在宅で看病はできた。だが、祖父はそれにいい顔をしない。

「若いのがジジイの面倒を見るために、家に閉じこもる？　やだやだ、辛気くせぇ」

そう言うと、病院に相談してケアセンター入所を自分で決めてしまったのだ。

「おじいちゃん、まだ七十歳でしょう。リタイアなんて早すぎるよ！」

初めて祖父から入所の話を聞いて、朔実は焦りまくって叫んだ。

両親と祖母を事故で喪って、今や血縁は祖父ひとりだ。その人が、いきなりケアセンターに入るなんて。考えられない。考えたくない。

真っ青な顔をした孫を見て、祖父の次郎は苦虫を噛み潰したような顔をする。

早くに両親と祖母を亡くした朔実が、どれだけ家族を失うことを怖がっているか、祖父はちゃんと知っているからだ。

「キーキーわめくな。猿か、おめぇは」

「だって、おじいちゃんがケアセンターなんて言うから！　それ終活（しゅうかつ）のつもり⁉」

「何が終活だ。勝手に殺すんじゃねぇよ。誤解すんな。俺はまだ、人生を終わらせるつもりはねぇ。腰痛の治療に専念したいんだ」

「だってケアセンターって……」

「ばかやろう。ケアセンターは墓場じゃねぇよ」

不安になってしまい、思わず幼い声がでる。次郎はヤレヤレと溜息をついた。

「病院に入院して治療するより、ケアセンターのほうが安いんだよ」

「え？」

「コレだ、コレ」

祖父は右手の親指と人差し指でマルを作ってみせる。実に品がないが、ようするに金だ。

「あとな、老人特有の病気治療専門の病院より、リハビリ専門の施設のほうが、いろいろな設備が充実しているんだよ」

「……そういうものなの？」

「そういうものだ。それに老人治療している病院は、辛気くさくていけねぇよ」

当事者しか言えない最悪な表現を使いながら、祖父は大真面目な顔で朔実を見る。

「だからグズグズ泣くな。まだ死なねぇよ」

祖父は日本橋生まれの、ちゃきちゃきの江戸っ子だ。だが二十代に入ると、いきなり何を思ったのか独学で英語を勉強して英国に移住を決めたのだ。そして輸入会社を立ち上げて、経営を始めた。

その会社は娘夫婦と妻を亡くした時、気力を失くして部下に譲り渡している。

（おじいちゃんって若い頃から、突飛なところがあるよね）

朔実がこっそり思っていると、背中をいきなり叩かれた。

「いたっ。何するのー」

「お前が無駄に悩むからだ」

「無駄って……」

「どうせ親は早々に、おっ死んじまった。どうせジジイしか家族がいない。どうせ女の子みたいな顔だ。どうせボクちゃんオメガだし。どうせ、どうせ、どうせ、とかだろう」

身内ならではのズケズケした物言いに、朔実は怒るより呆れてしまった。

「……そこまで悲壮感は漂ってない。勝手に心理描写しないで」

怒るでもなく、ただグッタリと言い返す。祖父の言ったことは、外れだ。

ただオメガ認定されて悩んでいることは、当たらずとも遠からずだった。

朔実がオメガと認定を受けたのは、生まれてすぐだ。

まだ両親も祖母も健在だった頃、家族は仲がよかった。赤ん坊がオメガと認定されて両親は驚いてはいたが、みんなで朔実の力になろうとしてくれていた。

（お父さんもお母さんも、おばあちゃんも元気で。学校で苛められて家に帰ると、ぼくを励まそうとパイを焼いてくれたなぁ。キドニーパイ。洋ナシのパイ。チョコレートパイ）

おいしい思い出は、気持ちを幸福にする。あの頃の朔実は、間違いなく幸せだった。

両親がいて、祖父母がいてくれて。裕福ではなかったが、たとえお金がなくても、家族でいれば不安なことはなかった。

でも突然の事故で三人が亡くなり、バランスが崩れてしまった。

悲しい過去を思い出し昏くなっていると、明るい音楽が館内スピーカーから流れてきた。

「これ、なんの音楽？」

「あぁ。リハビリテーション、はっじまるよ～、ってお知らせだ。どこまでも人をガキ扱いするところだよ。さっさと治して、元の生活に戻らなくちゃな」

祖父は口が悪いが本人は江戸っ子だからこれでいいんだと言う。ちなみに朔実には江戸っ子の意味が具体的にはわからない。英国生まれの英国育ちだ。

「リハビリなら、時間がかかるでしょう？　ぼくはもう帰ろうかな」

「じいちゃんのベッドが空くから、寝ていくか？」

ほかほかのベッドを指さされ、力なく頭を振った。おじいちゃんっ子ではあるが、さすがに十八歳にもなると、子供のようにベッドを借りるわけにもいかない。

「ううん、帰る……」

「来たばっかりなのに悪いな。これから二時間ばかりかかるからよ。終わるのを待っていたら、帰りが遅くなっちまうだろう。今どきは物騒だからな」

気遣ってくれる言葉に笑顔で大丈夫と言おうとしたが、次に続くことを聞いて渋い顔になる。

「朔実は、ちょっと見が華奢で、か弱いからよ。女の子に間違われて攫われないようにしねぇとな。誘拐されても、ウチは身代金なんか払えねぇからよ」

ガッハッハッハと笑われた。しかし、憎まれ口を叩く元気はあるが、本人は動くこともままならない要介護の身の上だ。心配なこと、この上ない。

「じゃあ、また来るね。お大事に」

口だけは達者な祖父に挨拶して、朔実は帰ることにする。ここから電車で一時間以上かかるのだが、それは仕方ないと諦めていた。

（ここは自然も豊かだし、温泉が出るんだもの。おじいちゃんにピッタリ）

列車に乗って、向かい合わせのボックスシートに座る。車内は空いていて、朔実以外の客はおらず、四人掛けを独り占め状態だ。

窓を少し開けて、涼しい風を入れる。朝、早かったから眠くなってくる。

（ぼくのヒートは、いつ来るのかな。来なければいいな。……だって、こわい）

本(もと)を正せば繁殖(はんしょく)行為だ。恥じることはないし、怖がることもないだろう。

だが悦楽と背中合わせの行為を、咎(とが)める人間は多い。しかし生殖行為に快感が伴わなくなったら、出生率はさらに下がっていくだろう。

そんなことを考えながら帰宅した朔実は、とつぜん玄関の前で見知らぬ男たちと遭遇する羽目に陥(おちい)ってしまったのだ。

「あの、――何か用ですか？」

□□□

（自分には関わりのない、知らない人に狙われる。それは自分がオメガだから。オメガというだけで、攻撃対象になることもある。気をつけて生活しよう）

そして、嫌な予感は的中してしまった。

アパートメントの一階に駐車してあった黒塗(くろぬ)りの車に乗せられた。後部座席に、男二人が朔実を挟んで両脇を固めて座る。

（やだなー。犯罪者の護送みたい）

しばらく走った車は迷うことなく市外へと抜けていく。連れて行かれたのは巨大な森林への入り口だ。うっそうと繁る木々を見て、絶望的な気分になった。

（やばい。本気で怖い）

このまま森の中に連れ込まれて、殺されて埋められる。珍しい事件じゃない。この国でも世界の他の国々でも、人は殺され続けている。

でも、殺される理由がわからないのは、納得いかない。

いや。理由もわからず死ぬ人間は、山のようにいる。朔実の両親と祖母だってそうだ。

（ぼくが死んじゃったら、おじいちゃん悲しむだろうな）

口が悪くて態度が大きい祖父だが、実は人情味に溢(あふ)れる、優しい人だ。妻と娘夫婦を不慮(ふりょ)の事故で喪った痛手は大きかった。まだ子供だった朔実でさえ、祖父のことが心配だった。

あの人を、これ以上悲しませたくない。

（それに、ぼくまだ死にたくない。だって十八歳だし。いや、もっと若くて死ぬ人もいるけど、ぼくはまだいいよ。どうにか、死なないで済む方法はないのかな）

緊張感に耐えられず、思わず涙ぐんでしまったその時。

「大変お待たせいたしました」

右を固めて座っていた男がそう言ったのと車が停車したのは、ほぼ同時だった。

そこは、見上げるほど大きな屋敷の前だった。

（ここは……？）

石造りの屋敷は歴史がありそうな、重厚な造りだ。建物の正面には大きな噴水が設えられていた。今は夕方だが、陽が当たれば水が光を弾き、さぞや見事な光景だろう。

その館の前には、黒いスーツを着た初老の男が立っていた。車の中にいる男たちと違って、物腰が柔らかそうな上品な人だ。

初老の男がドアを開けると、すぐにサングラスの男が降り、車のそばに控えた。

「お疲れさまでございました。どうぞお手を」

そう言って手を差しのべられて戸惑ったが、いつまでも座っているわけにもいかないだろう。朔実は素直に出されていた手を取った。

車を降りると屋敷がさらに、大きく見える。

（なんで、こんなお屋敷の前に停まったんだろう）

そこでようやく目に入ったが、初老の男の隣では、メイドが頭を下げていた。

「朔実さま。わたくしは当家の執事を務めさせていただいている、リントンと申します。お見知りおきくださいませ。ただ今ご案内いたします」

この下にも置かない扱いに、朔実はただ驚くばかりだ。

誘拐同然で連れてこられた自分が、なぜこんな丁寧に対応されるのだろうか。

「あ、あの、ぼくはどうして……」

「主人のほうから、ご説明があるかと存じます。さぁ、こちらへどうぞ」

男の言葉は慇懃（いんぎん）だが、口ごたえも質問も許されない重い雰囲気だ。

物腰は柔らかいが有無を言わせぬ口調で、屋敷の中へと誘導される。気づけば運転していた男も、両脇を固めていた男たちも、皆が頭を下げて朔実を見送っていた。

怖すぎる。

半泣きの心境で屋敷の中を歩いた。しかし、こうしていても埒（らち）が明かない。覚悟を決めて歩を進めた。

案内されたのは一階の部屋だ。朔実の家のリビングと比べると、何倍あるかわからない広さがある。

「失礼いたします」

扉をノックしてから、執事が声をかけた。

「若さま。朔実さまをお連れしました」

執事の言葉に、朔実はピクリと反応する。

（若さまって、なんなの。もう、これ以上は勘弁して……）

すると扉の向こうから声がした。朔実には何を言っているか聞こえなかったが、リントンは失礼いたしますと言い扉を開く。

「朔実さま。どうぞお入りください」

広い部屋は、壁一面の書棚にたくさんの本が納められており、中央に大きな机がある。そこに男が座って何か書き物をしていた。

彼はペンを止めると立ち上がり、こちらに近づいてくる。

長身の彼が長い手足を持ち、とても優雅に動くのが見て取れた。

見事な金髪と金色の瞳。細い鼻梁（びりょう）に、厚い唇は肉感的だ。彫刻のような美貌は、悪魔的かもしれない。彼を見たとたん、朔実は瞬間的に悟る。

アルファだ。

話には聞いていたけれど、朔実と住む世界が違いすぎて接点がなかった。でも、この人はアルファ。朔実は足が震えるのを感じた。

「ようこそ。朔実・セレソ・水瀬。お逢（あ）いできて光栄です」

深く響きのある声に名を呼ばれて、なぜだか頬が熱くなる。鼓動がものすごく速い。まるで病気みたいに。

どうしてこんなに鼓動や脈が、速くなるんだろう。

相手は、誘拐犯かもしれないのに。このままどうなるか、わからないのに。

朔実は勇気をふり絞って青年の顔を睨（にら）む。

この時の朔実は、まだ知らなかった。

目の前にいる優美な男が、自分にとって唯一無二の存在であるということを。

2

「私の名は、ジュード・リットンです。どうぞよろしく」

そう自己紹介されたが、混乱している自分が、どう答えろというのか。

彼は右手を差し出してくる。握手だ。おずおずと朔実も手を差しのべる。彼の手は指が長く、ほっそりしている。肉体労働したことがない手だ。そんな感じがした。

「ど、どうして誘拐されたのか、理由がわかりません。うち、お金ありませんよ」

その一言を聞いて青年は形のいい眉を、片方だけ上げた。

「面白いことをおっしゃる。私が金品欲しさに、あなたを誘拐したとお思いですか」

怒るでも無礼を咎めるでもなく、青年はエレガントに微笑んだ。

「いえ、思いません。誘拐どころか、あの……」

「誘拐どころか？」

「……そんなこと絶対に考えないぐらい、すっごい、お金持ちだと思います」

そこまで言うと、またしても優美に微笑まれた。否定も肯定もない。だが、その笑いは、友好的というよりも、飾り物みたいだった。

（綺麗な人だけど綺麗すぎて、お人形みたい）

内心こっそり思いながら、改めて部屋を見た。本当に書斎のようだ。沢山の本が並んでいるが、どれも分厚くて、朔実なんか手に取ることも考えられない。

この屋敷が美術館みたいなのは、重厚な外観だけじゃない。

いったい、いくらするのか考えも及ばない見事な調度。飾られた美術品。いや、それこそ生けられた花の一本さえ、朔実の夕飯より高価なはずだ。

「では最初からお話をしましょう。あなたのおじいさま、二河次郎さんのお話です」

「おじいちゃん？」

あまりにも意外な人の名前に、思わず声が出る。

「ええ。話は、もう五十年近く前のことです」

五十年。昔むかしと前置きしてもいい古い話。まるでお伽噺を聞いているようだ。

青年は、まさしく語り部のように話を始めた。

「次郎さんは英国にいらしたばかりの頃、倫敦の街中で発作を起こして死にそうになった英国人を、助けました」

「は、はぁ……」

「発作を起こしていたのは、私の祖父です。苦しんでいた時、他の通行人は誰も声をかけない。

祖父はその時、死を覚悟したそうです。だが、異国人の次郎さんだけは違った。彼は倒れていた祖父に駆け寄り、大丈夫かと言って救急車を呼んでくれました」

　朔実の祖父は口が悪いが、正義感が強い。そして弱いものには、とことん優しい人だ。目の前で誰かが倒れでもしたら、いの一番で駆けつけるだろう。

　朔実には容易に想像できた。

「どこの誰とも知らぬ男を助け、病院まで付き添い、かかった費用をすべて代わりに支払った。祖父は三日の間、意識不明。心筋症を起こし、危篤状態に陥りました」

「大変だったんですね」

「次郎さんは何日も見知らぬ男である祖父につきそい、手を握り励ましたそうです。この話は後日、容体が落ち着いた祖父に、ナースが教えてくれました。次郎さんがお手柄のように言ったわけではありません」

　なんだか、おじいちゃんらしい話だ。朔実はこっそり感心してしまった。

「絶望的と見られていた祖父は、奇跡的に回復しました。当時の医療技術で助かったのは、本当に奇跡だった。次郎さんの適切な対応のお陰です。本当に感謝の言葉しか浮かびません」

「よ、よかったですね」

　自分が生まれる前の話だ。他に何が言えようか。だが青年の話は続く。

「次郎さんは多くを語らず、祖父の回復を見届けると、姿を消してしまった。なんという美徳でしょう。こんな奥ゆかしい方がいることに感動した祖父は、彼が入金してくれた口座名から伝手を頼って連絡先を入手し、退院後、会いにいきました」

次郎の善行を褒められて、面映ゆさに朔実の頬が赤らむ。

「もう昔の話ですし、祖父も忘れていると思います。困っている人を見ると放っておけない、おせっかいな人だから。気にしないでください」

そう言って話を切り上げようとした。何十年も前の恩義を、今さら祖父がどうこう言うはずもない。むしろ、忘れちまったよとしらばっくれるのが関の山だ。

「じゃあ、お話はこれで終了ってことで、もう帰らせてもらいます」

回れ右しようとしたが、青年は朔実の前に立ち塞がる。

「あの？」

「話は、これからです。次郎さんが助けた男は、ウェール伯爵。この家の若き当主でした。祖父は莫大な謝礼を用意して改めてお礼に伺いましたが、次郎さんは当たり前のことをしただけと言って、辞退なさったそうです」

祖父らしい話だ。おせっかいだけど、それを恩に着せるような真似はしない。

「困った時は、お互いさまですから。気にしないでください。じゃあ失礼します」

そう言って部屋から出ようとした。だが、青年は朔実の前からどこうとしない。

「まだ話は終わっていません。次郎さんの男気に感動した祖父は、ぜひ友人になってくれないかと頼みました。次郎さんは快く承諾してくれ、二人は親交を結びます」

　壮大な昔話だ。朔実はどういう態度をとったらいいか、計りかねる。

「偶然の出会いとはいえ、二人は親友となりました。意気投合した祖父と次郎さんは、お互いの子供たちを番にしたいと話しはじめます」

「はぁ……。貴族の方って、おもしろいことを考えるんですね。じゃあ、お邪魔しました」

　その発想の突飛さに、頭が痛くなる。どうしてそこで、番なんて発想ができるのか。さすがに、ここまで来ると相槌が出てこない。なんと時代錯誤も甚だしい。

「互いの子供が生まれて、その子がアルファとオメガだったら番にしようと決めたそうです。しかし次郎さんは、そのことを忘れておしまいになったようです」

　あー。

「……おじいちゃんっぽいです。あの人、昔から物忘れが激しいし。ご迷惑おかけしました」

「次郎さんは忘れても、伯爵は覚えていました。とにかく、子孫を番にしたかったのです」

　どうしてその伯爵は、そこまで番に拘るのか。なんだか鬼気迫るものがある。

　とにかく、早く帰りたい。朔実の頭には、それしかなかった。

「でも貴族の方とウチなんて、身分違いも甚だしいです。じゃっ、ここで失礼しますね」

「もう少しだけ、話を聞いてください。その数年後、次郎さんにも祖父にも、子供が生まれました。だが、どちらもベータでした」

「あぁ、それはムリですね」

ベータ同士では、番になれない。この世界の常識だ。

「ええ。そのため、子供を番にする約束は果たせませんでした」

途中リントンがお茶を運んできて、話はいったん中断される。だが、忠実な執事は用事をすませると、すぐに退室してしまった。

テーブルに並べられたお菓子と、おいしいミルクティーに、朔実の気持ちは少しだけ和らいだ。嬉しそうにお菓子を頬ばる朔実を、ジュードは目を細めて見ている。

「おいしそうに召し上がりますね」

「はい。おいしいです。今日は朝から何も食べていなかったから、よけいに」

「何も食べていなかった？　なぜですか」

「今日は祖父の見舞いに行くから、食事をする時間が取れませんでした。帰ってきたら早々に、ここに連れてこられて」

「……それは、申し訳ないことをしました」

ジュードは話を聞いて、眉をしかめた。

彼はベルでリントンをもう一度部屋に来させると、何かを言いつける。部屋を出て行った執事は、すぐに銀色のワゴンと共に現れた。

銀のクローシュを開けると、軽食がのせられている。

「よろしければ、召し上がってください」

「わぁっ、ありがとうございます。いただきます」

こんな状況なのに、大喜びでサンドイッチを食べる朔実を見て、ジュードは複雑な表情を浮かべている。

「毒が入っているとか思いませんか」

突然の質問に朔実はキョトンとし、それからすぐプッと笑った。

「こんな大金持ちの人が、そんなことをするわけがないです。なんの得にもならないじゃないですか。だから毒の心配はしていません」

「……なるほど。では、話を続けます。次郎さんと祖父は時の流れとともに、自然と疎遠となりました。たぶん次郎さんは結婚話など、立ち消えになったと思ったでしょう。ですが祖父にとっては、戯れ言ではありませんでした」

「はぁ。……どうして伯爵は、おじいちゃんの子供……っていうか、おじいちゃんに固執しているんでしょう？　なんの得にもならないし、五十年以上も前の話なのに」

そう言うとジュードも困ったように眉を寄せる。

「私もハッキリ聞いたことはありません。ですが確かに固執、というより執着……、執念に近いものを感じますね。普段は、そんな我が儘をおっしゃる方ではないのですが」

「ちょっと変ですよね」

三個目のサンドイッチを、もぐもぐ食べ終えた朔実は、出されたミルクティーをおいしそうに飲み干した。紅茶が濃い目に淹れてあって、香り高く美味だ。

「おかわりを、いかがですか」

いつの間にか傍に立っていたリントンが、ポットを手にしながら訊いてくれる。それに朔実は笑顔で、お願いしますと言った。

「数十年後。次郎さんは経営していた会社の業績が悪化し、多額の負債を抱えてしまった」

「聞いたことあります。たしか、ぼくが生まれた年に会社が潰れそうだったことがあるって」

「ぼく？」

「え？　ぼくって言うの、変ですか？」

「……ともかく。次郎さんの窮状を聞きつけた祖父は彼と再会を果たすと、すべての負債を肩代わりしました。そして次郎さんにもお孫さんが生まれたことを知り、自分の孫と次郎さんのお孫さんを、番にさせる時が来たんだと言ったそうです」

「孫？　孫って」

四つ目のサンドイッチを食べていた手が止まる。

「それって、ぼくのことですよね」

信じられない気持ちで呟くと、ジュードは席を立ち、朔実の横に座った。いきなり距離が近くなりすぎて、少し怖くなる。

「あ、あの……」

「隣に座らせてください」

その言葉に控えていた執事が反応して、茶器を彼の前に移動させた。それに礼を言ったジュードは、改めて朔実を見つめてくる。

「ボーイッシュな仕草やファッションもマニッシュで素敵ですが、あなたならもっとかわいらしい洋服や髪型が似合うと思います」

「は？」

男の自分にかわいらしいというほうが、不似合いだ。そう言い返そうと思った。が。

「もっと女性らしくされても、素敵だと思いますが」

優しい声で言われて、硬直する。朔実は女の子と間違われているのだ。

（どうせ女の子みたいな顔ですよ）

祖父の揶揄（やゆ）する声がよみがえる。身内にとっては笑い話だが朔実本人にとっては、けっこう切実な悩みだった。

（十八歳にもなって、女の子に見られる自分が、変すぎる）

顔が小さいのと瞳が大きいことが、その原因だと本人は思っているが、睫が長いことや全体の雰囲気も原因のひとつだった。

「いえ、ジュードさんは間違っています。ぼくは」

なおも言い募ろうとすると、彼は「どうぞジュードとお呼びください」と言った。

「おせっかいな発言を、許してくださいね」

厚切りハムが挟まれた、大きなサンドイッチを四つも食べているのを見ていたのに。どうして女性像に当てはめようとするのか。

「ジュードさん、ちょっと間違っています」

「最初、祖父が私が生まれる前から番の相手を決めていたことに、実は反発心を覚えていました。でも、あなたと逢って気持ちが変わった」

聞くのが怖い展開になっている。その不安を解消したくて、恐々と訊いてみた。

「……気持ちが変わったって、どう、変わったんですか」

「あなたのような素敵な女性と番になれる男の幸福です」

それを聞いた瞬間、朔実は泣きたくなった。

（この人、本気で思い違いしている！）

厄介なことに、ジュードは本気なのだ。本気で朔実を、女の子と信じ込んでいる。

（気づけ！　気づいてよ！　ぼく変声期だって過ぎているし、ちょーっとだけなら、喉仏だって出ているし、女の子より少しは手足が骨ばっているんだからっ）

だが彼は、朔実を美少女のオメガだと信じているのだ。

（どこで話が、こんがらがっちゃったんだろう）

たぶん元凶のウェール伯爵という人が、朔実を女性だと間違ったのだ。

怖くなって慌てて首を横に振った。

「いやー……、困りましたね」

「私の言うことは、押しつけがましいでしょうか」

「いや、そういう問題じゃなくてー」

どんどん間を詰めてくる彼が、おっかなかった。知らずに身体が硬くなる。

「おじいさまと二人で暮らすのは、ご苦労もあったでしょう。私も祖父と二人で暮らしていたから、少しはお気持ちがわかると思います。これからは、どうぞ私を頼ってください。男として、あなたのような可憐な人のお力になれることは、光栄以外の何物でもありません」

(わーっ、待って待って、本当に待って！)

ジュードを責めるわけにはいかない。彼はずっと、オメガの少女と番になれと言われていたのだ。

実際の朔実を見て気づいてほしかったが、先入観は正常な判断力を鈍らせる。

「聞いてください。ぼく、あなたと番になれません」

「番は私だけではなく、祖父の願いでもあります」

必死の言葉も、あっさりと却下されてしまった。

「あなたは他に、心に決めた方がいるのですか？　それとも、すでに番がいるのですか」

迫力に押されて、思わず首を横に振った。

確かに朔実はまだ発情を迎えていない。そして番になる時、男女は関係ない。それがオメガで、疎まれる所以だ。

ようするに、ひとたびヒートに陥ると、男女の見境なく交尾しようとする動物になるのがオメガ。そんなものが社会で快く受け入れられるはずがない。

「では、私が立候補してもいいはずです」

「……り、立候補って、なんの？」

恐々聞いてみると、彼は艶然と微笑んだ。

「もちろん、あなたの番への立候補です」

血の気が一瞬で引く音がした。名乗りを上げる番候補。

しかも、ウェール伯爵とやらの命令つきだ。

（お、お、おじいちゃん、どうしてくれるんだよ……っ）

朔実は崖っぷちに追い詰められ震える、小鹿みたいだった。

「ぼくは祖父から、番の話を一度も聞いたことがありません。確認させてください」

「もちろんです。とつぜんの話ですから、さぞや驚かれたでしょう。次郎さんのお気持ちが確認できれば、それが一番です。ただ」

「ただ？」

「こうして話をしていると、あなたに惹かれ、気持ちが加速しているのを感じます」

女性にとっては嬉しい言葉だろう。これだけの美男で、伯爵家の嫡男。その人に、ここまで言い寄られるのだ。悪い気はしないだろう。

だが男の朔実にとっては、目の前が真っ暗になるような一言だった。

「は、はぁ。どうも……」

適当な相槌を打って、なんとかこの場から去ろうとした。が、ジュードは自らの身体で、朔実を壁際に囲い込んでしまった。

「す、すみません。狭いです」

嫌な予感がする。いや、嫌な予感しかしない。

泣きたい気持ちで逃げようとした。しかしジュードは、まったく隙がなかった。

「初めは、なんと可憐な方だろうと思ったぐらいですが、かわいらしく食事をしている姿に、非常に庇護欲をそそられました」

(ぼくのドカ食いを見て、どうしてそんな気持ちになれるんだ)

泣きたくなっている朔実などお構いなしに、ジュードは朔実の手を取る。そして、その甲にくちづけた。

「私の番になりなさい」

つねに紳士的だった彼の、この支配的な一言。朔実は内心、大号泣だ。

彼は朔実を少女だと勘違いしている。

オメガは女性体と男性体がいる。どちらも番を持てるし妊娠と出産ができる。アルファがどちらを選ぶのかは、自由だ。

（この人に、どう言ったらいいのだろう）

朔実は震える思いで彼の手から手を引き抜き、震えながらテーブルのカップを取った。

「あ、あの。ジュードさんは」

「ジュードと呼んでください」

子供に言い聞かせるような口調で訂正され、思わず従った。

「ええと、ジュードはオメガなんて気持ち悪いとか思いませんか」

そう言うと彼は、ちょっと意外そうな表情を浮かべる。

「そんなことは、思ったことがありません。ただ、強いて言えば」

「強いて言えば？」

「女性、男性に拘らず、オメガは、非常に魅力的で大切な存在です。私は早く自分の番が欲しいと思っていました」

「そんなの、信じられません」

「そうですか？」

ジュードは、あくまでもリベラルだった。

（なぜ、そんなに頭が柔らかいの）

いっそ、男のオメガなんて絶対イヤと言いきってくれたほうが、こっちも気が楽なのに。朔実は、こっそり溜息をつく。

男でありながら妊娠する。この世界にとって当然のことが、自分は受け入れられないし、嫌われるのも理解できる。

（気持ち悪い）

（あいつ男のくせに妊娠するんだぜ）

（俺たちも狙われているかもよ。気色悪いなぁ）

学生時代、朔実は根拠のない陰口を叩かれた。オメガ法に基づき、基本的な人権は守られているし、保護もされている。謂（いわ）れなき暴力や迫害は禁じられていた。

それでも心無い人は、どこにでもいる。

両親や祖父母はいつも朔実を気遣ってくれて、その迫害から守ってくれていた。だから学校では嫌な思いもしたが家では、いつも自由でいた。

しかし、さっさと番を作り子供を産み育てればいいという社会の流れが、オメガの行く手を阻（はば）む。

溜息をつきたい気持ちで、お茶を飲み干した。カップの残りは、もう冷えている。

「お茶のおかわりをお持ちしました」

顔を上げるとメイドが大きなポットがのったトレイを持って、部屋に現れた。

「失礼いたします」

朔実の右に立った彼女は、しずしずとお代わりを注ぐ。だが。

「あっ」

ガチャンと音がして、カップが倒れた。注ぐ時に引っかけたのだ。

「ああっ！　申し訳ございません！」

熱い紅茶が朔実のほうに向かって倒されたのだ。びっくりして立ち上がると、間の悪いことに今度は、メイドにぶつかってしまった。

彼女が持っていたポットが当たって、肩のあたりにお茶がかかってしまう。

「熱っ」

「脱ぎなさい。今すぐ脱ぐんだ！」

すぐに左に座っていたジュードが立ち上がり、朔実のシャツの裾を下からまくり上げて脱がせると、執事が飛んできて冷たいタオルを差し出した。たたまれたタオルの中には、テーブル用に用意された氷がいくつも入っている。

「火傷はなさっていないようですが、しばらくこれで冷やしてください」

「は、はい……っ」

シャツの下に着ていたアンダーシャツ一枚で、冷たいタオルを押し当てる。幸い火傷には至らなかったようだ。シャツが分厚かったのと、サイズが合っていない大きめの古い服だったから、肌に密着していなかったお陰だ。

「すみません、すみませんっ。わたくし、お客さまに、なんてことを……っ」

メイドは平謝りだ。顔が真っ青になっている。可哀想なぐらい、真っ青だ。目には涙が浮かんでいる。このアクシデントで一番ビックリしたのは彼女だろう。

「大丈夫です。火傷もしてないし、カップも割れなかったし」

「でも……っ」

「誰も怪我(けが)してないし、ぼくのシャツはすぐ乾く。テーブルクロスがお茶で濡れちゃったけど、これも洗濯すれば大丈夫でしょう？　泣かないで」

朔実は今まで他人の悪意にたびたび接してきた。だから害の有る無しは、すぐにわかる。これは、ただのオッチョコチョイさんだ。

「シャツも古着屋さんで買った安物だから、染みになっても別にいい。大丈夫なことばっかりです。ジュードも、心配してくれて、ありがとうございました」

傍(かたわ)らに立っていた彼に声をかけたが、返事はない。まぁ、いいかと脱いだばかりのシャツをもういちど着ようとすると、メイドに止められた。

「ダメです、今すぐ洗ってきますから！」

「そんな大げさな。着ていれば乾きますし」

「そんなこと、絶対にダメです！　今すぐ洗ってアイロンで乾かしますから！」

必死の形相で言われてしまった。確かに彼女としたら、このまま着せるわけにいかないのだろう。リントンを見ると、彼も困った顔をしている。

「朔実さま。どうぞお任せください」

「あ、じゃあ、お願いします」

執事とメイドが急ぎ足で部屋から去っていく。きっと大急ぎで洗って乾燥だ。やれやれと思いながら、先ほどから黙っているジュードに声をかけた。

「えぇと、シャツが乾いたら今日は失礼します。また改めて……」

その時、彼の様子がおかしいことに気づく。先ほどまでの饒舌(じょうぜつ)さは消えて、まったくの無言だったからだ。

「どうかしましたか」

「伺いたいことがあります」

低い声に首を傾げると、ジュードは真っすぐに朔実を見つめてきた。

「伺いたいこと？」

彼はしばらく無言だったが、意を決したように顔を上げる。

「朔実。あなたは男性なのですか。失礼ながら服を脱いでもらった時に、胸が目に入りました。レディの身体を見るなど、紳士として有るまじき行為です。だが火傷がないかと心配で見てしまいました。すると思いもかけないものが目に入った」

そう言われて、ようやくハッとする。

薄いタンクトップ一枚。しかも濡れていたりする。

おのずと、ぺったんこな胸が目に入っただろう。

「あの、いえ、これは」

「朔実、あなたはスレンダーなレディなのか。それとも、まさか男ですか」

誤魔化しのきかない真正面からの問いかけに、言いわけできない事態と知る。

別に隠すつもりもなかったし、自分は悪いことなどしていない。そもそも、誤解したのはそっちだと言い返すこともできた。だが、なぜかそれは言えない。

「……その、まさかです」

重い口を開く。いつまでも誤解させておくわけにはいかない。

「ずっと女の子扱いをされてて言いづらかったんですけど、おっしゃる通り、ぼくはレディじゃありません」

――ああ、バレちゃった。

「男です。男のオメガです」

3

「オメガは、ほとんどが女性。ですから、あなたもそうだと思い込んでいました」

感情が見えない淡々とした調子で言われて、思わず肩を竦めた。

「五十年以上も前の、おじいちゃん同士の口約束からの婚約ですから。絶対に何かがズレていると思います。……ぼくが男っていうのが、最大のズレですけど」

「でも私の周りでは、生まれる前からの婚約者は、めずらしい話ではありませんが」

「それはジュードが貴族だからです。一般庶民には、ありえない話なんですよ」

どう考えても無茶な婚約話も、生粋（きっすい）の伯爵家の方からすれば当たり前なのだ。しかし庶民の朔実からすると、困り果てる事案だ。

「ぼく番の話なんて、おじいちゃんから聞いたことないです。それに今日だって、無理やり連れてきたじゃないですか」

思わず抗議すると、ジュードは困ったような表情を浮かべながら自分が着ていたジャケットを脱ぎ、朔実の肩に羽織（はお）らせてくれる。

「今回の件については、祖父が先走りしすぎました。この件については、謝罪しかありません。申し訳ないことをしました」

あっさり謝られて、拍子抜けしてしまった。

「五十年もの間に、祖父たちは疎遠になったり、また再会したりと、いろいろとあったようです。しかし最近になって、ウェール伯爵はいきなり入院し、とても気弱になってしまった。どうしても自分と次郎さんの子孫を縁付かせるまで死ねないとまで言い出して……」

「入院？　大丈夫なんですか」

思わず心配そうな口調になったのは、自分の祖父のことがあるからだ。

次郎は腰痛ではあったが、それでも立てない、座れない、歩けないだ。不自由さも当然だが、本人の矜持(プライド)は、ガタガタだろう。

気だけ若くてと揶揄する人も多いが、人間はそういうものかもしれない。

「心配してくださるのですか。祖父は無体(むたい)なことを、あなたに強いたのに」

驚いたように訊かれて、こっちが驚いた。

「心配するのは、当たり前です。ぼくの祖父も腰痛で入院しちゃったし」

「ああ、そうでしたね」

「ご年配の人は、自分の実年齢がピンとこないらしくて、無茶ばかりします。ぼくもいつもハラハラするんですよ」

「お優しい人だ。祖父が入院したのは以前の話で、もう退院して別荘で療養しています」

「あ、もう退院されたんですか。よかったです」

「私は物心がついてから、番はもう決まっていると言い聞かされて育ちました。……もしかすると祖父も、次郎さんの孫が男だと知らなかったのかもしれない」

「すごく、ありそうな話ですね。しばらく疎遠だったのなら、なおさら。それにぼくが十歳の時、祖母と両親が事故で亡くなって、おじいちゃんは会社を人に譲りました」

「――――そうでしたか」

「当事者がいないのに話を進めるから、こんがらがるんだと思います。伯爵に話をして、もう番の約束を取り消してもらえば……」

「朔実。先に言っておきますが、番の相手があなたで、よかったと思っています」

突然の告白に驚いていると、優しい声で囁かれた。

「初めて会った時から、とても心惹かれていたんです。その人が男でも女性でも、私の気持ちは変わりません。あなたが番でよかった。見た目だけではありません。理不尽な目に遭わせている祖父の心配をしてくれる優しさに、とても感動しました」

そっと手を握られて、顔が熱くなる。

こんなの社交辞令だ。ただの挨拶代わりなのだ。そう自分を戒めても、頰の熱さは消えない。

それがとても、恥ずかしい。

「た、確かに伯爵の行動は、納得いかないことばかりだけど、それと身体の心配は別です。うちの祖父も高齢だから、大変なのはわかるし」

改めて言葉にすると、気恥ずかしくなる。ジュードがさらに感動したように、自分を見つめているからだ。

(そんなに変なことを言ったかな。うわー、キラキラの目で見ないで)

そんな目で見つめられると、何も考えられなくなってしまう。

比喩(ひゆ)でなく金色の瞳は、ものすごく華麗で美しい。

(いや待て。なんでドキドキするんだ。確かに、ものすごい美男で優しい人だけど、ドキドキってさぁ。……ぼくは、かなり変だ)

小さく頭を振って変な気持ちを払い、改めてジュードに向き合った。

「あ、えぇと。伯爵がこのお屋敷を離れているなら、ぼくにできることはないですよね。とりあえず、今日はもう帰ります。駅へ行くにはどうすればいいんでしょうか」

そう言った朔実を見て、ジュードは無表情になってしまった。これほど整った顔立ちの人が表情をなくすと、異様な迫力がある。朔実は内心、半泣きだ。

(こ、怖い……)

「朔実、失礼ですが、あなたは今、学生ですか? それとも何か仕事をしていますか」

「ハイスクールを卒業したあと、家でパソコン入力の仕事をしてます」

「――しばらく、ここに滞在してください」

びっくりする一言に、目を見開いた。

「滞在？　どうしてぼくが、ここにいなくちゃならないんですか」

「祖父の命令に、逆らうことはできません。彼が帰るまで、屋敷にいてください」

先ほども聞いたフレーズだ。どうやら伯爵は、絶対君主らしい。

「言い方がおかしかった。滞在してくださいではなく、ぜひご招待したい」

「ここでやることもなく、ボーっとしているんですか」

そう言うとジュードは肩を竦めた。

「屋敷の中には図書室もありますし、音楽も聴けます。あいにくとレコード盤しかありませんが、問題ないでしょう」

今どきレコード盤とアナログなことを言われたが、ジュードは大真面目だ。内線でリントンに部屋にくるように言いつける。

「お呼びでございますか」

すぐに部屋へ来た執事に、ジュードは予想もしていなかった用事を言いつける。

「ああ。今夜から泊まってもらうことになったので、部屋の準備を。それと着替えだ。寛げる服と靴、上着と帽子もいるだろう。パジャマとバスローブも頼む」

「かしこまりました」

あれよあれよと話が進んで、口が挟めない。

「あの、泊めてもらうだけなのに、そんなに服とかいりません。こ、困ります」

なんとかそれだけ言ったが、まったく聞いてもらえなかった。

「失礼ながら、あまりにラフすぎる装いでは、使用人たちも戸惑うでしょうから」

物腰は柔らかいが、言いたいことを言われてしまった。

「客室への案内は、使用人がいたしますので」

そう言うと、彼は部屋を出て行った。とたんに深い溜息が出る。

(古着の服を、とことん着倒しているからなぁ。貴族のお屋敷ではふさわしくないか)

自分はオメガ。汚いと言われることも、珍しいことじゃない。

(でも、こんなふうに服を与えられるとか、今までにないことだなぁ)

「失礼いたします」

ノックのあと入ってきたのは、先ほどのメイドだ。朔実のシャツを持っている。

「あ、ありがとう」

「とんでもないことでございます。本当に、申し訳ありませんでした。ただ今、客室の掃除をしておりますので、もう少々お待ちください」

手渡されたシャツはきちんと洗われてプレスもしてある。着てみると、いい香りがしていた。さすがの手際だ。

　でも、自分が受けるには、あまりに待遇が良すぎる。だって、自分はオメガ。こんなふうに大切にされる人間とは違う。

「掃除？　それなら自分でやります。ぼくが寝る部屋ですよね。なら掃除します」

「お客さまに、そのような真似はさせられません！」

「ぼく、お客さまっていうか。どう見ても場違いだし。……それに、何かしているほうが、気が紛れるから助かるんです」

「で、でも」

「ここでボーっとしていても一緒ですし。やることなくて、時間が勿体なさ過ぎます。もちろんジュードには内緒で。ね、お願いします」

　奇妙なお願いをされたメイドは、困りながらも頷いた。

「かしこまりました。では少しだけ、一緒にベッドメイクをお手伝いください」

「ありがとう。ぼくは朔実・セレソ・水瀬です。あなたは？」

「わたくし、アメリと申します」

「よろしくアメリ」

　二人は部屋を出ると、二階にあるという客用寝室へと向かった。彼女が言っていたとおり、部屋の中はまだ清掃中だ。たたんだタオルが、ベッドの上に置いてある。

「本日は使用人が、わたくしと執事以外、出払っておりまして……」

「こんな広いお屋敷なのに、使用人さんたちは少なめなんですね」

「以前は大勢の使用人がお仕えしておりました。でもジュードさまのお父さまが亡くなられて以来、使用人は伯爵さまのご親類などへと差し向けられることが多くなりまして」

彼の父親が亡くなったと聞いて、少しだけ気持ちが揺らぐ。自分が早くに家族を失ったせいで、こういう話には弱かった。

「……そうなんですか」

「ジュードさまは多くの使用人が仕えることを、好まれません。確かに使用人は、しょっちゅう御用を伺いますから、煩わしいのでしょう。もちろん清掃や庭木の手入れの際は、出入りを増やしております。すみません、そちらを持っていただけますか」

「はーい」

二人でシーツを広げて、それからピシッとベッドメイキング。

「次はバスルームのお掃除とリネンをチェックして終了です」

もともと美しく整えられていた部屋だから、そこまでやることもない。朔実は内心、ガッカリだ。もっと手間暇かかる片づけものは、ないだろうか。

「あ、先ほど温室から切ってきたお花を、生けるのを忘れていました」

「ぼくがやります。洗面所はこっちですよね」

広い部屋には、バスルームが作りつけられている。そこの洗面台で水を汲み戻ると、部屋のテーブルの上に置いた。

　用意されていた切り花を広げて、一輪ずつ生けていく。自己流の見よう見まねだが、母親が花好きで生けるのを見ていたし親しんでいたから、こういう作業は楽しい。

「あの、ジュードって、どんな人なの？」

　隣でリネンを畳んでいたアメリが顔を上げる。

「とっても、お優しい方です。それに知性豊かでいらっしゃるし、あの通りお美しい方ですし、わたくしみたいなメイドにも、お気を遣ってくださるし」

「アメリは、ジュードのことを好きなんだ」

　この何気ない一言に、今度こそ彼女は頬を紅潮させてしまった。

「と、と、とんでもないことでございます！　わたくしは主人を敬愛しておりますが、それ以上の感情は持っておりません！　それに」

「それに？」

「ジュードさまには生まれる前からの、お許嫁がいらっしゃいますから！」

　ぴくり。朔実の指先が止まる。許嫁。それは、もしかしなくても。

「オメガのお嬢さまとお伺いしました」

　朔実は頭を抱えて、泣きたくなってしまった。

（ああ、ここでも情報伝達に誤りが）

そんな心境を知る由もないアメリは、にこにこ話を続けている。

「お会いしたことはありませんが、きっと愛らしく美しい、教養あふれるお嬢さまでしょうね。ウェール伯爵家の奥方に相応しい、素敵な方でいらっしゃいます！」

この過大な評価に、朔実は眉間のシワがギリギリ深くする。オメガのお許嫁は自分ですと、言えるわけがない。

「ウェール家は称号こそ伯爵ですが、由緒正しいお家柄。ジュードさまのお母さまは、公爵家ご出身と伺っています」

「ジュードのお父さんって、亡くなられているんですよね。お母さんは？」

「奥さまは……、あの」

どうやら触れてはいけないことに触ってしまったらしいと察し、それ以上は聞かないことにする。アメリも同じ考えらしく、ことさら明るい声を出した。

「ジュードさまのご結婚となったら、連日のパーティも開かれるし、王室からも祝福の使者が参ります。久方ぶりの祝い事。伯爵さまのご病気で沈んでいたお屋敷が、ぱぁっと華やぎますわ！　いずれ赤ちゃんもお生まれになるでしょうし！」

「は。ははは……」

どんどん話が大きくなってきて、冷や汗が止まらない。

（おじいちゃん。善行は素晴らしいけど、どうして伯爵と変な約束しちゃったの）

泣きたい心境で溜息をつく。手に力が入らず、花を床に落としてしまった。拾おうとして身を屈（かが）めると、先に横から手が出て拾ってくれた。

「あ、ありが……」

ぜんぶを言い終わらないうちに、硬直する。アメリに礼を言うつもりが、目の前に立っているのは、現在この部屋限定で話題沸騰（ふっとう）中の、噂（うわさ）の人だったからだ。

「アメリ、お客人に用事をさせるとは何事だ」

花を手にしていたのは、ジュードだった。

「申し訳ございません！」

「それに当家の話をするにしても、気を付けなさい。父が亡くなって以降、人の出入りは確かに減った。だが当家が没落（ぼつらく）したわけではない」

「も、もちろんでございます。余計なことを申して、すみませんでしたっ」

いったい、どこから話を聞いていたのか。さぞや複雑な心境だろう。

「掃除が終わったのなら、もう行きなさい」

「はいっ、失礼いたします」

アメリは一礼すると、朔実にも会釈（えしゃく）してから部屋を出て行った。かわいそうに、顔が真っ赤だ。きっと、いたたまれない気持ちでいっぱいだろう。

「当家の使用人が無作法な真似をして、失礼をいたしました。お詫びします」

改めて言われ、かえって心配になってくる。

「ぼくが詮索したから、彼女は教えてくれたんです。責めないであげてください」

「別に責めも怒りもしません。使用人は噂好きと、昔から相場が決まっています。彼女の話などはかわいらしいもの。しかし、お客さまのあなたに手伝わせるとは」

「いえ、ぼくが頼んでやらせてもらったんです。アメリはお客さまにさせるなんて、とんでもないと最後まで嫌がっていました。でも、お茶を飲んでボーっとするのは、性に合わないので」

朔実の言葉を聞いて、彼は隠そうともしない溜息をつく。

「お客さまですから、どうぞ楽になさっていてください」

「あいにくレディじゃありませんし。何かやっていたほうが、気が紛れます」

彼に「あなたはスレンダーなレディなのか」と言われた仕返しのように言うと、ジュードは困ったように眉をしかめた。

「先ほどは失礼しました。少し混乱していて」

「いえ。早めに誤解が解けて、よかったです」

ジュードは困り果てたというような顔をしたあと、朔実を見据えた。

「いいえ、謝らせてください。あなたに不愉快な思いをさせてしまった」

「じゃあ、ぼくに雑用をさせてください」

「お客人に雑用をさせるなど、とんでもないことですよ」

「そうじゃなくて。ぼくは貧乏性だから、何かしていないと気がすまないタチなんです。伯爵は、いつ帰ってくるか未定ですよね。だったら、何かやらせてください」

「……とんだお転婆(てんば)姫だ」

彼は苦々しいといった口調で言うと、朔実を見つめた。

「今日はもう遅いから、夕食にしましょう」

そう言われて、目が輝いた。

(夕食！)

(さっきサンドイッチ食べたばかりなのに、もう夕食！)

(夢みたい！)

キラキラの瞳でジュードを見つめると、彼は戸惑ったような顔をする。

「お腹が空いているんですね」

その問いに、ハッと我に返った。

「えーと、少し空いたかなって」

答えた声は小さい。

ジュードは微笑み、朔実の背中を押した。

食べたばかりなのに、あまりにも露骨(ろこつ)すぎる。

朔実は思わず顔が赤くなってしまった。

「どうぞ、こちらに。お姫さま」

ジュードは朔実の性別がわかって驚いたようだが、紳士的な態度を崩さない。

(貴族って、こういうものなのかな。なんていうか、優雅だなぁ)

いつもなら人の容姿に見惚(みと)れることなんてないのに、今日は違うみたいだ。

(ぼく、ちょっと変だよね)

そう呟いて、なぜだか頬が赤くなる。

自分の感情が掴(つか)めない。その居心地の悪さに、なぜだか泣きたくなった。

□□□

結局おいしい夕食をごちそうになり、食後のデザートとコーヒーを出された席で、朔実はひとつの提案をしてみる。

「家で入力作業の仕事をしています。受けている仕事は全て終えていますが、また新しい仕事が来ているかもしれません。確認したいので一度、家に帰ってもいいですか」

唐突に切り出すと、ジュードと給仕していたリントンがキョトンとした顔をしていた。

「仕事?」

「はい。やっと貰えた、大切な仕事です」

　今までにない深刻な顔の朔実に、ジュードは戸惑った様子だった。

「どうしても、戻らなくてはなりませんか？」

「外に出て働いたことはないけど、受けた仕事は、やり遂げないとダメだって、おじいちゃんに口すっぱく言われて育ちました。それに就職できなくて困っていた時に、声をかけてくれた方からの仕事なので、大切にしたいんです」

「あなたは当家の客人であり、私の番です。働かなくてもいいと思いませんか？」

「思いません。番って言っても確定したわけじゃないし、もしかしたらジュードが他で、お嫁さんをもらう可能性だってありますよね。そうしたら、ぼくは無職です」

「私は番のほかに、誰かを娶るなんて考えたこともありません」

「でも、番の間柄なんて、ぼくはわからないから」

　こんなことを朔実が言い出すとは、予想もしていなかったらしい。どうしたものかと考えていたジュードは、そばにいたリントンに声をかける。

「彼の自宅に行って仕事の依頼が来ていないか、確認してくれ。それと、仕事に必要なものは何か訊いて、持ってきてくれないか」

「かしこまりました。それでは朔実さま。お食事が終わられましたら、どのようなものが必要か、お教えください。お宅にお邪魔させていただきます」

それを聞いて朔実の顔が、パァッと輝いた。

「本当ですか。助かります」

本当は自分が帰らせてもらうのが一番なのだが、ジュードにはなぜか、その気がないようだ。そのためにリントンの手を煩わせてしまって、申し訳ない気持ちになったが、もし仕事が来ているのなら、ここで作業できる。

それ以外にも、自分にできる仕事はないだろうか。

「あのー、入力の仕事だけじゃ手が空(す)くので、他に何かできることはありませんか」

それを聞くとジュードは食事する手を止めて、朔実を見つめた。

「あなたは当家のお客人です。仕事など必要ありません」

「でも、時間がもったいないです。ぼく、これでも力仕事もできますよ」

「そんな細腕に頼む仕事などありません」

何ともつれない返事に、朔実はムーっとする。それを見ながら、ジュードはナプキンで口元を拭(ぬぐ)い、朔実を見据えた。

「あなたは華奢で繊細(せんさい)そうで、守ってあげたくなる風情だ。だが、口を開けば頑固すぎる」

「あ。頑固って、よく言われます。ぼくは、そんなことはないと思いますが」

「自覚がない頑固さんですか。当家に使用人が少ないのは、私が彼らの相手をするのが面倒だからです。別に金銭の問題で、少ない人数を働かせているわけじゃない」

「ですから、ぼくも気まぐれから手伝いたいと言っているわけじゃなくて。手が空いているから、何かできる仕事が欲しいんです」

　双方ぜったいに、譲らない。

　部屋の端で控えていたリントンが、困ったような顔をしている。だが、それも二人の目には入らなかった。しばらく考えていたジュードだったが、「ああ」と呟く。

「手仕事ではないが、ひとつ作業を頼みたいのですが」

「はいっ、なんでもやります！」

　彼は形のいい眉を、片方だけ上げてみせる。なんとも色気のある表情だ。

（え？　色気？　色気って、ぼく何を考えてるの）

　自分の考えたことが恥ずかしくて、思わず頬が赤らんだ。だがジュードには気づかれていないようだった。

「この敷地の中に建つ古い屋敷。あそこの清掃と修理をやれますか？　もう何年も人が出入りしていない、とんでもなく古い屋敷です」

　脅（おど）すような、低い声で言われた。だが、朔実の瞳はキラキラ輝いてしまった。

「とにかく老朽（ろうきゅう）化がひどくて、虫もネズミもいるでしょう。業者以外は入れない場所です」

　さらに言い募られて、胸のドキドキが止まらない。

（とんでもなく古い屋敷！）

（すごい。そういう廃屋で一度、大工仕事してみたかった！）

（わー、胸がドキドキしてきた！）

だが朔実が答える前に、給仕をしていたリントンが割って入る。

「恐れながら若さま。あの屋敷の中は腐敗が進んでおります。素人が入れる場所ではありません。危険です」

「もちろん、わかっている。冗談だ。彼には書庫の整理でも」

「ぼく、やれます！」

即答した朔実を、リントンとジュードは驚いた顔をして見つめた。

「朔実さま。今のは若さまのご冗談でございます。あんな危険な場所は専門の、訓練を積んだ職人でなければ入れません」

「大丈夫、やれます！」

あくまでも譲らない朔実に、ジュードは首を振った。

「今のは、冗談というか世間話です。屋敷といっても古くて汚い。十年以上も人が入っていない。汚いを通り越して危険な状態だし、ネズミがいるのは本当です」

「ぼくの住んでいるアパートメントも古いから、けっこうネズミが走ります」

次元の違う言い返しをされて、ジュードとリントンは絶句してしまう。

「そういう問題ではありません。あなたは祖父の、大事な客人だ。ケガをさせるわけにはいかない。つまらない冗談を言いました。謝ります」

突然の謝罪に驚いていると、さらに頭を下げられた。

「ぼく、本当に大丈夫ですから」

「ダメです」

「作業してみて、やっぱり無理そうなら諦めます。それでもダメですか」

思わず上目遣いでジュードを見ると、彼の眉間のシワは深まってしまった。

「お願いします。見るだけ見させてくれませんか?」

朔実は頑として、譲ろうとしない。この頑固さは英国人に共通するものだが、ジュードはお手上げになったのか天を仰(あお)いでいる。

彼はしばらく無言だったが、ようやく顔を上げた。

「――本当に、無理はせず、すぐに戻ってくると約束できますか」

「もちろんです」

どっちもどっち。意地っ張り。

そもそもジュードが古屋敷の掃除を切り出した。だが、それは幽霊屋敷のように荒れ果てている物件らしい。それなのに朔実が興味を示すと、心配になるらしい。

揚げ句の果てには、危険だ止(や)めてくださいと言い出す始末だ。

そんな彼の横顔を見ていると、不思議な気持ちになる。

（ジュードって、どんな人なんだろう）

「ぼく、廃品回収のバイトもしたことあるし、廃屋とかゴミ捨ては慣れています！」

朔実はそう請け負うと、ガッツポーズをしてみせる。だが痩せた細い腕だったので、逞しさはなく、不安を煽るだけだ。

ジュードが心配そうに眉を顰めている。

「私が廃屋のことを持ち出したのは、無茶なことを言えば、あなたが大人しくしてくれると思ったからです。……参ったな」

「それって意地悪じゃなくて？」

「そんなわけないでしょう。あなたが心配だからです」

大真面目な顔で言われて、邪推した自分が恥ずかしくなった。

（こんなに心配してくれるなんて、どういう気持ちからなのかな）

祖父同士が決めた番だから？　女の子と勘違いして、悪かったと思っているから？　それとも。――――それとも。

ジュードは自分のことを、本気で番だと思ってくれている。では自分は？

自分はこの人に、何を感じているのだろう。

番。おじいちゃんの知り合いのお孫さん。いや違う。そうじゃなくてもっと。

（もっと？　もっと、なんだろう？）

自分の番という人のことを深く考えた瞬間。

身体の奥が鈍く疼いた。鼓動が速くなり、指先が震えてくる。ふわっと甘い香りが過ったが、すぐにそれどころではなくなった。

震え出した朔実を不審に思ったのか、声がかけられる。

「どうしました？」

声が出ない。息が苦しい。甘ったるい匂いに咽そうになる。肌が熱い。

どんどん苦しくなって立っていられず、ジュードにしがみついた。その手が小刻みに震えている。病気だろうか。病気。ちがう。これは。

これは。

「ヒートか」

ハッキリした声が耳に届く。だけど意味がわからなくて、ただ目の前の人に抱き着き、身体を擦りつけた。熱い。熱い。熱い。

「あなたにヒートが来た。これが覚醒の、麝香の匂いだ」

興奮を抑えきれないような声で熱く囁かれ、頭の奥がジンジン痺れた。

ヒート。発情。覚醒。衝動。情欲。

いろいろな感情が身体をぐるぐる回る。どうしたらいいのか、もうわからない。麝香の甘ったるい香りが部屋の中に満ちた。

頭が変になりそうな、淫蕩な匂い。熱帯の花の匂いって、こんな感じなのだろうかと、場違いな考えが脳裡を過る。

「すごい香りだな。頭の芯が痺れそうな濃厚さだ」

興奮した声が聞こえたけれど、どうしていいのかわからない。

種が欲しい。

唐突に過った感情は、あっという間に理性を凌駕する。

男の熱い種が欲しい。

今すぐ。今すぐに身体の奥に叩き込んで。早く種でいっぱいにして。

「ジュード、ジュード」

「苦しいですか。大丈夫、すぐ楽に」

「種。……種、を、ちょおだいぃい……」

自分のものとは思えない、低くて媚びた、絡みつくような声が聞こえる。ジュードの身体が強張ったのがわかった。

「ジュード……、はやく、種……っ」

「わかりました。今すぐあげますよ。だが、少しだけ待って」

そう言うと彼は部屋に設置されている電話で、話し始めた。どこかへかけている。断片的に聞こえるのは、とても冷静な声だ。

「朔実にヒートが来た」

「私が呼ぶまで、部屋には誰も近づけないように」

「すべての予定はキャンセルしてくれ」

「おじいさまに、すぐ知らせて。朔実がヒートを迎えたと」

それだけ言うと電話を切り、こちらに向き直る。

「待たせたね、私の花嫁。さぁ、行こう」

がくがく震えている身体を支えてもらいながら部屋を出ると、階段を上ると廊下のいちばん奥にある扉を開く。そこは大きなベッドが置かれた寝室だった。

彼は扉を閉めると、朔実を改めて抱きしめた。

「朔実、……ああ、私の朔実。私の運命の番。あなたを私だけのものにするよ」

その囁きを聞いているだけで、身体が焦げつきそうになる。たまらず首に抱き着くと、何度も頬にキスをされる。

番。番だ。ぼくのアルファ。

さぁ、たくさん種をもらおう。

熱くて濃い種を、たっぷりと。

普段の朔実ならば、およそ考えもつかない卑猥(ひわい)な単語が、ぐるぐる回る。

でも今は恥ずかしいどころではない。頭の中は早く種を注いで欲しくて、それしか考えられなかった。

これがヒート。

抗（あらが）うことができない、オメガの宿命。

4

天蓋(てんがい)付きのベッドに寝かされると、くちづけを繰り返される。甘い唇に身震いすると、ゆっくりと彼は身体を起こした。

「なんて香りだ。果実が熟(う)れすぎたような、甘すぎる香り。これがオメガの媚薬香というやつか。……なるほど、たまらないな」

低い声で囁き、また朔実の唇を塞ぐ。

「ジュード、ジュード……っ」

滾(たぎ)った欲望が、あふれ出しそうになる。情欲が理性を押し流すのだ。

これがヒート。これが覚醒。これがオメガ。オメガ……！

突き上げてくる衝動を堪(こら)えきれず朔実は起き上がると、自分を抱きしめていたジュードの身体をベッドに押しつけた。

「ねえ、はやく。はやくしたい。これ、もうちょうだい……っ」

懇願(こんがん)しながら震える指で、ジュードの性器をズボン越しに撫でさする。布を押し上げる、硬い陰茎の感触。背筋がぞくぞく震えた。

「悪い子だ。我慢できませんか？」

「うん、そう、悪い子なの。ごめんなさい。ごめんなさい……」

必死で謝りながらズボンのファスナーを開き、震えながら硬い性器を取り出した。

「舐めたい。ねぇ、これ舐めていい？　舐めていい？」

幼い子供のような、たどたどしい口調で訊ねると、彼は苦笑を滲ませて頷いた。

「いいですよ。たくさん頬ばってごらんなさい」

お許しをいただいて、歓喜の声を上げる。朔実は大喜びでジュードの肉塊を口の中に入れる。子供がアイスキャンディーを舐めるのと同じように無邪気に、そして無心で。

普段の朔実からは、まるで想像がつかない姿だった。

硬い陰茎に舌を這わせていると、身体の芯がどんどん熱くなってくる。

早く。早くこれを飲み込みたい。身体の一番奥に挿入したい。

そうしたら種が、あふれ出る。熱くて濃い、いっぱいの種。それを身体の奥で飲み込めば、大きなご褒美がもらえる。

赤ちゃんというご褒美が。

覚醒し発情したオメガにとって、アルファと結合して種をもらうことが、何よりのご馳走でありご褒美。このために、淫らに身体をくねらせる。

たくさんの種を身体の奥に叩き込んでもらうために。

そのためにオメガは、存在しているのだ。

「発情したオメガは妖艶になると聞かされていたが、まさかここまでとは思いませんでした。なんという色香を溢れさせるんだ。私の朔実」

夢中で性器を舐めている朔実は、何を言われているか、わからない。

ジュードは朔実の乱れた髪を何度も撫でてくれた。その優しい感触に背筋が震える。

「清廉な花のようなあなたが、こんな淫らな姿を見せてくれる。たまらないな」

淫奔な姿を愛でながら、ジュードは甘い声で囁いた。

その囁きが聞こえたのか、朔実はようやく顔を上げる。口の周りは自らの唾液でベタベタに濡れている。その眼差しは、淫蕩に濡れていた。

先ほどまで、かろうじて肩に引っかかっていたシャツは脱がされ、シーツの上で丸まっている。

「朔実。あなたを私のものにするよ」

「うれしい……」

熱い囁きに、理性がとろとろになる。全部あふれ出してしまう。

「早く、早く欲しい。たくさんして。いっぱい入れて」

あどけない顔で欲望を口にする姿は、男の嗜虐性を刺激する。それは朔実の計算か。子供っぽく振る舞いながら、熟練の娼婦のような淫靡さ。

　そんな朔実を抱きしめながら、ジュードはなめらかな首筋を指先でたどる。

「これから、ここを噛む。痛いだろうし、血も流れる。でも、止めてあげない。私の番になった証しだからね」

　そう言いながら着ていたシャツをはだける。彼のなめらかな肌と見事な身体が見えて、朔実の視線を釘付けにしてしまった。

（ジュードは、きれいだなぁ）

　これから、この美しい人と抱き合う。楔を打ち込まれる。何度も突き上げられて、悲鳴を上げながら挿入された肉塊を舐めつくす。自分の、この身体で。

　そして噛まれるのだ。彼のものになった証しとして。

　うっとりとした顔で、その時を待った。

　ジュードの指先が朔実の肌に触れ、撫でさする。そして性器を握りしめ、上下に動かし始めると、朔実の顎が反らされて白い喉元が露わになった。

　身体の力がゆるんだ隙に、背中に回っていた彼の指先が尻に回り、奥へと潜り込んでくる。初めての感触なのに、快感に震えた。

「あ……、ああ……」

　中に潜り込んだ指先が、ゆっくりと壁をこすり上げる。違和感と、それだけでない気持ちよ

さに声が零(こぼ)れた。

無意識のうちに、腰を動かしてしまった。いやらしくて淫らな動きだ。

「初めて中に挿(い)れられたのでしょう？　でも気持ちいいみたいだね」

ジュードは握っていた性器を、ゆっくり擦り上げる。朔実の唇から吐息がもれた。

「いい。すごくいい……」

「かわいいね。私の朔実。もっとだよ。もっと泣いてごらん」

そそのかす声に、未熟な身体が震えた。もっとしてあげるから、もっと乱れなさいと、煽(あお)り立て誘惑する。ジュードは清らかな顔をした、悪魔みたいだ。

そして人は悪魔の誘惑に勝てたことがない。創世記(そうせいき)の頃から、ずっと。

もっと。もっと触ってほしいと身体を摺(す)り寄せる。すると太腿(ふともも)に硬いものが擦りつけられた。ジュードの性器だ。

普段の朔実なら、恥ずかしがって、すぐに身を引っ込める。でもヒートの今は違った。

自分の太腿で刺激するように、彼の陰茎を擦り上げる。そうすると興奮したみたいに、もっともっと性器が硬く大きくなる。それが嬉しくて仕方がない。

(気持ちいい。すごくすごく気持ちがいい)

これが覚醒。

これが、ヒート。

「いい。いい……、溶けちゃうよぉ……」

あんまり気持ちがよくて、声が止まらない。

(どうしてヒートを怖がっていたんだろう。こんなに気持ちいいのに)

(もっと早く覚醒が来ればよかった)

(怖がることなんて、一つもないんだ)

身体の位置が変わって、ジュードが背後に伸しかかってくるのを感じた。でも、それもどうでもいい。もっと気持ちよくなりたい。

快感に煽られて、気持ちが昂ってくる。もっと彼を感じたい。

早く種を打ち込んで欲しい。

熱い楔が、身体の奥に侵入してくる。ぞくぞくして、身体が震えた。

「あ、あ、あ……っ」

ゆるゆると挿入された硬いものが、奥へ奥へと進んでいる。

突き上げてくる情欲に、朔実の理性が崩れ落ちる。しなやかで逞しいジュードの身体に、侵略されてしまった。

でもそれは朔実にとって、敗北でなく歓喜だった。

「ん、んん……っ」

男を受け入れるなんて、初めての経験だ。それなのに初めての快感は強烈すぎた。

内部を男のもので擦られるたびに、甘くて淫らな声が洩れる。

深く入り込んだ屹立が、壁を引っかき回す。侵される。それがたまらない。

快感で頭がおかしくなりそうだった。

「あ、あ、あ……っ！」

抉られて、擦られて、掻き回される。

獣みたいな四つん這いの淫らな格好で、飲み込んだ初めての男。

薄い粘膜一枚で感じる屹立は、たまらない快感を朔実に与えてくれた。男を飲み込むことが、こんなにも気持ちいいなんて。

もっともっと欲しい。

背後から貫かれて、突き上げられるたびに嬌声が零れる。自分からも腰を突き出し、ぐりぐりと男を締め上げた。

さいこう。

すごくいい。きもちいい。アルファって、さいこう。

涎を垂らし、性器からダラダラ透明な蜜を零し続けた。自ら犯してほしいと腰を蠢かせ、男を誘った。

オメガに相応しい、淫らで汚れた格好だった。

「朔実。今から誓いを立てるよ。神に誓うのと同じように、永遠を誓うんだ。いいだろう？

私たちは、魂の番なんだ。私の花嫁になってくれるね」

熱い囁きの声と、交接したところから響く濡れた音。だけど、快感に揺れる朔実の耳には聞こえづらい。だから聞き返さずに、何度も頷いた。

「どうか痛みに耐えておくれ。これが、番の誓いだ」

神々しさすらある言葉のあと、背後から首筋を舐められた。それだけで身体が震える。キスされたところが、溶岩を落とされたみたいに熱い。

「噛んで……、いっぱい噛んでぇ……っ」

苦痛が誓いの証しなのだ。どんなに痛くてもいい。いや。きっと気持ちいい。痛苦であればあるほど、蕩けるぐらいの悦楽だ。

ジュードは身体を突き動かしながら、朔実の首筋を愛撫し続けていた。だが、急にぴたりと動きを止めると、いきなり首筋に噛みついた。

「ああ――……っ」

震えが起きるほどの痛みが走り、身体が強張った。でも彼は止めてくれない。それどころか苦しむ朔実に、興奮したように歯を突き立て続けている。

震えがくるぐらいの激痛なのに、身体が甘い痺れに襲われていた。

これは、快感だ。

苦しんでいることが気持ちいいなんて、頭がおかしくなったのか。でも、気持ちがいいことに間違いはない。その証拠に、朔実の性器は白濁を溢れさせている。

「ああ、ああ、突いて、もっと奥まで突き上げてぇっ」

痛い。痛くない。気持ちいい。気持ちよくない。いい。いい。いい。

ぞくぞく震える身体をきつく抱きしめられ、愉悦に震えた。

「いく、いく、いく、いくぅぅ……っ」

朔実が絶頂に達しても、ジュードは突き上げることを止めない。

むしろ激痛に震え、体内に挿入された彼の性器を締めつけたことで、悦楽を覚えているみたいだった。

「朔実、私もいくぞ。ああ、たまらない。なんて身体だ……っ」

肩を押さえ込まれて、激しく撃ち込まれる。挿入されたところから、肉を掻き混ぜるような音がした。淫靡すぎる快感が走った。

「あ、ぁあ……っ」

ジュードが身体を硬直させた後、すぐに射精する。灼熱のような体液が身体の奥に打ち込まれて、震えが走った。

種。

種だ。

待ち望んでいた番の種が、身体の奥へと打ち込まれたのだ。朔実は喜びに震え、微笑みさえ浮かべて、愛しい魂の半分から種を受け取った。

「さぁ、番の種だ。飲み干して……っ」

つねに紳士であったジュードとは思えない言葉を吐きながら、彼は熱い体液を放出し、身体の奥に打ち込んだ。

朔実は叩きつけられた種を身体で受け止めていく。

渇きに苦しむ人間が、水を含んだ時のように。

「あぁ、あぁ……っ、種、種だぁ。ああ、おいしいいぃぃ……っ」

絶頂に到達したその時、オメガとして喜びの声を上がった。

そこには子供のような笑みを浮かべる朔実は存在しなかった。

□□□

瞼を開けると、そこは薄暗闇の中だった
カーテンが閉じられた室内には灯（とも）された明かりが、ぼんやりと見える。

「……ん」

朔実が身じろぎすると、ぬるりと身体の奥から何かが流れ出るような感覚がする。

注ぎ込まれたジュードの体液だ。

身体に力が入らなくて、トロトロと体外へと流れ出る。その不快感に眉を顰めながら、なんとか半身だけ起こしてシーツの上に座り込んだ。

喉が渇いた。

叫び過ぎたのと、泣き過ぎたせいで、ありえないぐらい喉の渇きを覚える。どうにかして水を飲みたい。でも、部屋の中は無人だ。

「……ジュー、……ドぉ」

絞り出した声は、自分のものとは思えないほど、掠れている。

キョロキョロと辺りを見回し、花が生けてある大きな花びんが目に入った。あれだ。花びんには水が入っている。花なんか捨てて、水を飲んでやる。

どこか好戦的な目つきをした朔実は、そろそろとベッドから下りようとした。だけど足に力が入らないために、そのまま床に転がり落ちてしまった。

「……みず」

床に這いつくばるようにして、花びんまで這っていく。ようやく到着した朔実は花びんを手にすると、生けてあった花を引き抜き、ベッドの上に放り投げた。

「じゃま……」

さぁ、水を飲もうとしたその時。扉が開いてジュードが部屋に入ってきた。

彼はバスローブ姿で、髪が濡れている。石鹸のいい香りがした。

衒(てら)いのない言葉を聞いて、また涙が浮かんだ。

「どうして泣くのですか?」

「わ、わからない。悲しいのか嬉しいのか、それさえわからない……」

自分でもわけがわからないといった顔で、朔実は涙を零し続けた。ジュードの首筋に頭を擦りつけ、甘えた仕草をくりかえす。

「種が欲しい……」

「抱き合った時、さんざん注がれたのに?」

「うん。もっと欲しい。もっと、もっと欲しい。種を蒔(ま)かれると、身体中の細胞が蠢くんだ」

この子供っぽいおねだりに、たとえ番であっても彼には従う理由はない。

朔実は少し不安を帯びた表情で、彼を見つめた。

「ぼくを、嫌いにならないで……」

ジュードは抱き着いてくる朔実の背中を、優しく撫でた。

「嫌いになるわけがないでしょう。私は生涯の番は、あなたしかいないと思っています。一緒にヒートを迎えられて、嬉しいですよ。愛する私の番。私の宝石」

そう囁くと、抱きしめている朔実の額と頬にキスをした。

「では、もっと抱き合いましょう。ヒートは、まだまだ続くのですから」

抱きしめる手の力が、強くなる。そんなジュードの胸に、朔実は黙って頬を摺り寄せて、目を閉じる。泣き疲れた表情をしているが、それは、たまらなく淫蕩な横顔だった。

「また抱いてくれるの？　嬉しい……」

「あなたのヒートが続く限り、抱き続けます。泣いても、離せないかもしれない」

「うれしい……。だって、ぼくオメガだもん」

子供っぽい口調だったが、瞳に浮かぶ淋しさは、隠しようがない。

「オメガはヒートになったら、一滴でも多くの種が欲しい。だってオメガは、そのために生まれているのだから」

そう言った朔実は、悲しみを帯びた微笑を浮かべる。

□□□

それから十日以上もの間、二人は閉じこもり身体を重ね合わせた。

食事や身の回りの世話はリントンがしてくれていたようだが、アメリが出入りしていたかどうかは、朔実にはまったく記憶がなかった。

（でも、まさか女の人を、ヒート真っ最中のオメガが居る部屋へ向かわせるなんて、あるわけない。……ないよね。うん、まさかね）

だがヒートの只中(ただなか)にいる朔実は、まったく周囲の状況など目に入らなかったから、断言できる自信がなかった。

ヒートの時、自分は普段とは違っていた。朧気ながら、不可思議な記憶がある。淫乱になり性欲に身を捩るだけ。そして、ただひたすら男の種を欲しがる快楽の化け物となる。それがヒートだった。

そして初めての発情から、二週間が過ぎた。

「う……、ん」

目が覚めると、天井がとても高い。

自分がどこにいるのか、しばらくわからなかった。何度も目を瞬いてしまう。

体中が熱くて重い。ひどい風邪を引いた時と同じ。動きたくなかったけど、水が飲みたい。

喉がヒリヒリする。まるで泣き叫んだ後みたいに。

「う……、うぅ……っ。いたたた……」

唇から零れた声は、自分のものとは思えないほど掠れている。いったい何がどうしたのか。

のろのろベッドの上に起き出してギョッとする。

「なんで裸……？」

唇からこぼれたのは、頼りなく細い声。

首に鋭い痛みが走り、慌てて手で押さえる。するとそこには包帯が巻かれていた。新品の、きれいなものだ。

「どうしてぼく、裸で寝ているんだろう。やだなぁ……」

毛布を引き寄せて、思わず呟いた。夕べ寝る時どうしたのだろう。確か昨夜は。

「え？」

昨夜。──夕べ。

記憶がうまく繋（つな）がらない。昨日の夜、自分は何をどうして、どうなったのだろう。

「夕べ、夕べは、ええと。……ええと？」

そこでようやく、部屋の様子が目に入る。

乳白色の壁紙。金の縁取（ふちど）りをされた、白い豪華な家具。いくつも灯された明かり。枕元に置かれたピッチャーとグラス。

水の気配がしたとたん、喉の渇きが猛烈なものになる。

「……お水を飲もう。そうすれば、スッキリして目が覚める」

まるで二日酔いで唸（うな）っていた祖父と同じようなことを呟いて、水をグラスに注ぐ。

手にしていたグラスが、小さく震える。その水を一気に飲み干すと、生き返った気持ちになった。そこで、ふと気づく。

沢山の花々が、部屋のあちこちに生けられている。

「どうして、こんなに花が生けられているんだろう……」

そう呟いて、思わず寝具に散った花を手に取った。どの花びらも、ツヤツヤしている。

生けられただけでなく、朔実の眠っていた枕元や足元にも、赤やピンク、ブルーや黄色といった、色とりどりの花びらが散っていた。

まるで、初夜の寝台のようだ。

その発想が奇妙すぎて、思わず頭をふった。そのとたん、鋭い痛みが走る。

「痛……っ」

包帯が巻かれた首筋が痛い。

包帯。……いったい、どういうことなんだ。

心細くなり、思わず両手で口を押さえたその時、トントンとノックの音がする。大きく目を見開くと、ドアの向こうから現れたのは、バスローブ姿のジュードだった。

「目が覚めたんですね。よかった」

「よかった？　あの」

「やはり覚えていませんか。私たちが番になったことを。あなたはヒートを迎え、私と番になった。あなたは私の、魂の番だ」

意味がわからず、首を傾げた。なんのことを言っているのだろう。

魂の番？

「幼い頃から、祖父には番の相手が決まっていると言われ続けました。祖父が決めた相手に、反発心を覚えた時期もあった。だが今は感謝しています。あなたは私の、魂の番だ」

「……それは、どういう意味ですか」

「初めて出会った時から心惹かれていたのは、祖父に決められていたからではない。これは運命が定めたことなのです」

そう言うと朔実の手を取り、指先にくちづけた。

「痛い思いをさせましたが、私たちは生涯、番です」

そっと首筋に触れられて、ビクッと震えた。

「ジュードは、なぜこんな傷がついたか知っているんですか。ぼくはなぜ怪我を」

「覚えていないのですね。私たちの番の誓いを」

「番の、……誓い？」

この一言に、一気に記憶がよみがえる。

番の誓い。

ざぁっと波があふれ込んでくる。いろいろな場面がフラッシュバックする。

『種が欲しい』

『もっと、もっと』

『突いて、もっと奥まで突き上げてぇ』

いやらしい声。頭が蕩ける快感。深すぎる肉塊。淫らに喘ぐ声。

あんな浅ましい姿が、自分だったというのか。

あれが、オメガの発情か。

「ぼく、ぼくは、なんてことを……」

「朔実」

「あんな下劣な姿が自分だなんて、信じられない。嫌だ。……いやだっ」

脚を大きく広げて、アルファの精を受け入れた。

それだけじゃない。欲しい欲しいと泣きわめいて、種が欲しいと甘えた声を出す。

（こんなのがオメガ。こんなのが番。こんなに醜くて卑しいのが、――オメガ）

（みっともない。気持ち悪い。いやらしい）

（いやらしい）

あれほど淫らな姿を人に晒して、自分の悦楽を満たしていたなんて。

だから人はオメガを嫌う。見下げる。軽蔑し辱める。当たり前だ。そんな汚らわしく恥ずかしい生き物を認めろと、誰が言えるだろう。

「ごめんなさい。……ごめんなさい」

「何を謝るの？」

「だって、ぼくがヒートなんかになったから、ジュードを巻き込んでしまって」

「何を言っているんだ」

「ジュードは優しいから、ぼくを見過ごせなかっただけ。あなたは悪くない。悪いのは巻き込んで、汚してしまったぼくだ……っ」

そう言うと、涙があふれた。彼のような立派な人に申し訳ないことをしてしまった。どうして自分は、こうなのだろう。

生きているだけで、人を不幸にする。薄汚い、醜いオメガ。

自分なんか、消えてしまったほうがいいのだ。

「ぼ、ぼく、番を解消します。どうか普通のお嬢さんと結婚してください。この伯爵家と同じくらい立派な家の、優しいお嬢さんがジュードに相応しい」

あふれた涙は頬を伝い、ぽたぽた胸に落ちる。そんな朔実をどう思ったのか、彼は濡れた頬を長い指先でぬぐった。

「あなたは勘違いしている」

「え……？」

「いちど番の誓いを結んだら、番はアルファからは解消できるが、オメガからは解消できない。学校で教わったでしょう」

えぇ……っ？

それを聞いて、頭が真っ白になった。そんな法則があったなんて。

「そんな、そんなの初めて聞きました」

確かに義務教育課程で、保健体育とならんでオメガバースの授業があった。でも朔実は気持ちが悪いのと恥ずかしいのとで、何度もさぼっていたのだ。

「授業に出ていなかった、困った子ですね」

あきれた口調で言われて、恥辱と悲しさでいっぱいになる。また涙があふれて頬を濡らした。

ジュードは困ったように苦笑を浮かべ、涙をくちづけで舐め取った。

「オメガからの解消ができないのは、授業で習いますよ。聞いていなかった悪い子だ」

「悪い子とか困った子とか、ぼくだって、す、好きでオメガに生まれたわけじゃない。ぼくだって、ベータがよかった！」

思わずそう言い返すと、新たな涙がこぼれる。

「ベータなら悲しい思いをしないで済んだ。こんなふうに抱かれて、悲しい思いをしなくて済んだのに……！」

激高して言うと、いきなり唇を塞がれた。

ジュードの唇で。

何度も角度を変えて、朔実の唇は塞がれる。まるで逃がさないというように。

「あなたがベータでも、私はあなたを見つけ出す。初めて私を射止めた、かわいらしい天使を、誰が離すものか」

何度も天使と言われ恥ずかしくて、顔が真っ赤になるのを感じた、その時。

突然、ジュードは早口で言った。

「実際に会ってみても、かわいらしい天使にしか見えなかったからです！」

「私たちは、生まれる前から許嫁と定められていた。だから私は初対面の時、うっかり女性と勘違いして動揺した。けれど本心では天使のような人だと、心奪われたんだ。ぜったいに離さない。――――離すものか」

ようやく離れると、彼は吐息で囁いた。

「それに私は、あなたがヒートを迎えて嬉しかった。やっと番になれるのだから」

その言葉を聞いて、涙が止まらなくなる。ジュードの胸に飛び込み、しがみついた。

「ぼくはジュードと一緒にいて、いいのかな」

「もちろんです。私たちは番。魂の番です」

「うれしい……」

何度目になるかわからない、くちづけを繰り返す。

ジュードが好き。

この人が好き。

――――だいすき。

5

「……やはり、気が進まない」

本意ではないため、足も口も重くなっているジュードを宥(なだ)めすかして、敷地内に建つ古い屋敷にやってきた。

ジュード自ら案内してくれたのは、造りはしっかりしてはいるが、確かにスキマ風が吹いてくる感じで寂(さび)れているからだ。

壁紙が浮いているから、その隙間に虫が入り込んでいるらしい。この辺りで、虫嫌いなら降参する。だが朔実は幸か不幸か、虫がそんなに苦手でもない。

「実際に見て、幻滅したでしょう。ほとんど手入れをしていなかったから、仕方がありませんよ。さぁ、屋敷に戻りましょうか」

早々に戻ろうとするジュードに、朔実はニッコリ笑った。

「大丈夫です。ぼくの住まいも同じぐらい古いですから」

「強がりは止めなさい」

どうも信じていないらしい。じっさい朔実と祖父の住まいは、古いアパートメントで、屋根裏でネズミが走っているのだ。

「強がりじゃないですよ。限界を超えたら、そっちの屋敷に戻ります」

そう言いながら、改めて荒れた室内を見回した。

「あの、どうしてこの古いお屋敷を壊さずに、現存させているんですか？　そりゃ解体工事にはお金はかかるけど、使っていないし維持費がかかりそうなのに」

「――――壊すのが忍びないからです」

そう言うと彼は一瞬だけ迷った顔をする。そして小さな声で言った。

「ここで私は生まれ育った。健在だった両親と一緒に過ごした、思い出の館です」

その一言で気づいた。アメリの言葉を思い出したからだ。

『奥さまは……、あの』

ジュードの父親が亡くなった話は聞いていたが、母親に関して彼女は言及を避けた。それは本当に知らないか、言いづらいかのどちらかだ。

「じゃあ、やっぱり掃除させてください。こんな立派なお屋敷を、このまま朽ちさせるなんて、もったいないですよ」

そう言うと彼は驚いたように目を瞬いた。まさに鳩が豆鉄砲を食らったような顔。

「もったいない？」

「もったいないじゃないですか。木材とか、すごく立派なものを使っていますし」

朔実はニッコリ笑ってジュードに向き合った。

「取りあえず、床に落ちているものを拾っておきますね。ジュードは屋敷に戻ってください。今日はまだ、やることがあるんでしょう？」

「確かに今日は、院に行かなくてはならないから外出しますが」

彼が大学院に通っていると聞いて、それでは忙しいだろうと察しがついた。勉強をしなければならないのだ。邪魔をしたくなかった。

「ぼく痩せっぽちだけど、体力ありますから。心配しないで勉強してきてください」

「……本当に頑固だ」

「あははっ。おじいちゃんに似たんですよ」

ジュードは大きな溜息をつくと、ポケットから携帯を取り出した。

「作業が終わったら、かならず屋敷に電話をください。誰かを迎えに来させます」

携帯を朔実に渡すと、彼は帰っていった。玄関口まで見送った。

「しかし……。もったいない、ないか」

ジュードはそう呟くと、微かに笑ったようだった。

屋敷に向かって歩く彼の姿を見送りながら、「もったいない」に反応していたことが、ずっと気になった。だが忙しく手を動かしているうちに、すぐに忘れた。

「まず廃材を捨てて、それから掃き掃除して、雑巾がけかなー」

タオルで頭をまとめ、もう一枚で口と鼻を覆う重装備だ。リントンにもらった作業用のグローブをはめて、ようやく床の廃材拾いだ。

廃屋といっても、貴族の館。古くなって利用不可能なものは多いが、ゴミなどは少ない。これならひとりでもなんとかなりそうだ。

せっせと古材を拾って大きなゴミ袋に集めていく。古い家具もグラグラしていて危険だから、撤去する。その前に、引き出しなどに貴重品がないかチェック。

（大事なものを間違えて捨てたら、大変だもんね）

窓を開けているから、換気は大丈夫。アメリに頼んだ飲み水で、何度もうがい。物を壊すと目が開けられないぐらい、微塵が舞う。

「こーれは、……やり甲斐あるぅ」

考えても仕方がないので、とにかくゴミを片づけることにした。頑張った甲斐があって、一階はなんとなく床が綺麗になってきた。

予想外だったが、床板は腐敗していない。磨けばこのまま使用できそうだ。

黙々と床を拭いていると、コンコンとノックの音だ。顔を上げると扉の隙間から、メイドのアメリが顔を出していた。

「アメリ、どうしたの？」

「お邪魔して申し訳ありません。ジュードさまからの伝言でございます。廃屋での作業を、三時間以上お続けになってはいけませんと。お迎えに上がりました」

「えー。でも、これからなのに」

「ダメです。ジュードさまのご命令は絶対です」

どうやらアメリも頑固だ。朔実は作業を諦めるしかない。

しかし、彼女と会うのはヒートの前以来だ。話をするのが楽しい。朔実に付き合いのある親族はいないが、親戚のお姉さんとは、こんな感じかもしれなかった。

「敷地内とはいえ、こんな所に何時間もおひとりでいらして、淋しかったでしょう」

「そうでもないよ。けっこう熱中しちゃったし。それに、友達もできたんだ」

「友達!?　この中で友達って」

驚いた顔を見て、思わず吹き出した。小リスみたいにかわいい表情だったからだ。

「うん、友達。きみが来たから隠れちゃったけど、その壁の裏っかわにいるよ」

「壁の……、裏っかわ？　隠れる？　お友達が!?」

そう言われ、彼女は恐るおそる後ろを振り返った。すると壁の向こうから、微かな音がする。

もちろん、人間ではない。

「あ。あの……、お友達って、まさか」

「うん。ちっちゃいネズミが」

ぜんぶ言い終わらないうちに、キャーッと叫ばれて気づく。

（女の子にネズミの話はダメか）

朔実だって大きいドブネズミなどは怖いし気持ち悪いが、この屋敷にいる子たちは、ちっちゃくてかわいかったのだ。しかし。

「大変！　ぜんぶ消毒しなくちゃ！　朔実さま、すぐにバスをお使いくださいっ」

「ネズミに触ってないから、大丈夫だよ」

「いいえっ！　大丈夫なことなんて、何ひとつございません！」

「あはは、参ったなー」

これは確実に、ジュードに話が伝わる。そうしたらもう、ここに来られなくなる。古い屋敷は掃除しているうちに愛着が出て来たし、仔ネズミはかわいいのに。

「さぁ、もう出ましょう」

そう急かされて、これ以上は無理だと判断する。だが屋敷を出ようとすると階段の踊り場に、ちっちゃな影がぽこぽこ見える。

（またね）

隣にいるアメリにバレないよう、こっそり呟いて扉を閉めた。

「ジュードは、どうしているの？」

朔実の埃を払ってくれているアメリに訊くと、「まだ大学にいらっしゃいます」と教えてくれる。

「ジュードさまは大学院の後、図書館にお寄りになるとお電話がありました。経営学を学ばれてらっしゃいます。わたくしなんてハイスクールしか修了できませんでしたが、ジュードさまはもっと学ばれていてすごいです」

「あはは。ぼくもきみと同じ。すごいよね。そんなに勉強することあるなんて」

夢見る瞳で言われて、こっちのほうが頬が赤らみそうだ。

「アメリはさぁ。やっぱりジュードのことが好きなんでしょ？」

前も尋ねたことだが、改めて同じことを直球で訊いてみると、彼女は顔を強張らせ、ブンブンと首を横に振る。

「とっ、とっ、とっ、とんでもないことでございますっ！」

古屋敷から屋敷に戻る道すがら、アメリの絶叫が響いた。ものすごい声だったので、朔実の耳にはキーンっと残響が残った。

「どうして、どうして、そんなことを、い、言われるんですかっ。違いますっ！」

「あ、ああ。そうなの？　ごめん。ごめんね」

顔を真っ赤にして否定し続ける彼女が可哀想で、朔実は何回も謝り続ける。

しばらくすると顔を真っ赤にしていたアメリは、平静さを取り戻す。

「いえ、はしたない大声を出して、申し訳ございません。でも、あの、本当に違います。わたくし故郷に帰れば、結婚を約束した人がおりますから」

「そうなんだ！」

「はい。わたくしとジュードさまなんて、そもそも身分が釣り合いませんもの。それに、別世界の方すぎます。あまりに遠すぎて、夢見ることさえできませんわ」

アメリは若い娘なのに、ものすごく悟りきったことを言う。朔実は、それ以上の口を挟めなくなる。冷やかすことさえ、不謹慎だと思った。

（ぼくのほうこそ、釣り合わなさすぎる）

親もいない。祖父の心配もある。学歴はない。そしてオメガという理由だけで、王子さまみたいなジュードと、婚約をしている。なんか、おかしい。

こんな自分が婚約者だと知ったらアメリは、どう思うのだろう。

『きっと愛らしく美しい、教養あふれるお嬢さまでしょうね。ウェール伯爵家の奥方に相応しい、素敵な方でいらっしゃいます！』

自分はお嬢さまじゃないし、奥方に相応しい素敵な人じゃない。そもそも男だ。

（アメリにオメガだってバレたら、オメガのことが嫌いになっちゃうのかな）

嫌われるのはオメガか。それとも朔実自身か。それを考えると、少し切ない。今までだって、いろいろな人に嫌われてきた。でも彼女に疎まれるのはつらい。

そんなことを考えながら、広い敷地の中をアメリと二人、ぶらぶら帰った。

□□□

「お帰りなさいませ」

屋敷に戻ると、リントンが出迎えてくれた。しかし、中に入る前に釘（くぎ）を刺される。

「朔実さま。このまま一階の浴室にご案内いたします。そこで湯をお使いください」

言われて気がつく。自分は三時間とはいえ、廃墟（はいきょ）の掃除をしていたのだ。この瀟洒（しょうしゃ）な屋敷に相応しくない、汚れた埃まみれだった。

「あ、すみません。ぼく、外で水を浴びてきます」

「とんでもないことでございます。どうぞ浴室をお使いください。ですが当家の絨毯（じゅうたん）は毛足が長（なご）うございますので」

「は、はい」

「濡れた靴でお歩きになる際、差し支えが生じるかと存じます」

遠回しだが、汚い靴のまま歩くなと言われる。当然だ。

朔実はもう何も言えず、黙って従うことにする。ふと気づくと、ゴロゴロいう音が聞こえた。

首を傾げると、リントンが教えてくれた。

「遠雷（えんらい）の音でございますよ。じきに雨になります」

「雨？　じゃあ、ジュードが濡れちゃうよ」

まだ帰って来ない人を心配すると、忠実な執事は頭を振る。

「車が迎えに上がりますので、ご心配なく」

なるほど。住む世界が違う人は、雨に濡れることもないのだ。納得して、リントンが案内するバスルームへ入った。

「お脱ぎになったお洋服は、こちらにお入れください。靴も同様です。お洗濯させていただきます。お着替えは、こちらをお召しになってください」

着替えは真っ白なバスローブ。これも貧乏性には気おくれする代物だ。

「あのー、汚すといけないから、何かTシャツとかで……」

それにリントンは表情も変えない。ただ頭を下げる。

「なにとぞ」

「……す、すみません」

こうまでされたら、もう黙るほかない。彼が脱衣所から出て行くのを見送ったあと、思わず溜息がもれる。

気を取り直して、汚れた服を脱いだ。言われたとおり、スニーカーも籠に入れる。もう底もボロボロで、うっかり水たまりを踏んでしまうと、じんわり水が滲む。

（洗濯する人が、気を悪くするだろうなぁ）

さすがに穴が空きそうな靴は恥ずかしい。靴を見れば貧富の差がわかるからだ。

溜息をついて脱衣所を見ると、これまた汚い自分とは別世界の美しい小部屋だ。

「この屋敷って、バスルームがいくつあるんだろう。もうぼくの部屋は、ここでいいんじゃないかな。バスタブで眠れそうだし」

生活レベルを比べる気にもならない。頭を過るのは、掃除が大変だろうなという、実に若者らしくない庶民的な疑問だ。

浴室の扉を開くと、真っ白なタイルと金色のシャワーヘッド。そして猫脚のバスタブといった、女性が憧れる映画のセットみたいな世界が広がる。

観葉植物が飾られたここは、贅沢(ぜいたく)の極みだった。

(なんか、申し訳ない)

美しい浴室と綺麗なタオルやバスローブ。ボロボロに汚れた自分には、本当に似つかわしくない。どんどん惨(みじ)めな気持ちになってくる。

(オメガに気を遣うなんて、嫌だろうな)

卑屈(ひくつ)な考えになってしまうのは、オメガに対して偏見が多いからだ。確かに発情したオメガは抑制剤(よくせいざい)を飲んでいても欲望を抑えられず、十日以上も発情しっぱなしだという。

こんな生き物、嫌がられても当然なのだ。

ずっと考えていると、迷宮に陥ってしまいそうだ。慌てて髪と顔、そして身体を念入りに洗った。埃と格闘していた身には、まるで天国だ。

「うわー、気持ちいいーっ」

思わず、声が出た。ソープもシャンプーも、すごくいい香りだ。これが癖になったら、家に帰った後で困るだろうなと思う。

過ぎた贅沢を覚えてはいけない。これは自分の生活ではないのだから。

（それにジュードとは、身分が違いすぎる。――――オメガでも彼とは絶対、釣り合わない。だって、未来の伯爵さまだよ？）

シャワーのお湯を止めて、浴室を出た。見れば脱いでおいた汚れた服は、もう姿を消している。アメリかリントンが、持って行ってくれたのだ。

用意してもらった、ふかふかのバスローブに手を伸ばしかけたその時。いきなり扉が開いて、ジュードが飛び込んできた。

「あ……っ」

思わず声が出てしまうと、彼も呆然としている。予想外だったのだ。

濡れた身体を覆うものはなく、ジュードの目の前に全裸が曝け出されてしまった。しかし女の子じゃないから、裸を見られたって構うものじゃない。

「こんな格好で、ごめんなさい。ジュードは濡れちゃったんですね？」

屋敷の中では雨音は聞こえない。だが、そうとう降っているのだろう。びしょ濡れになっていて気の毒なぐらいだ。

彼は何も言わず手を伸ばすと、畳んであったバスローブを取って優雅に広げた。そして朔実を包みこむ。

「あ、あの」

「風邪を引きます」

まるで背後から抱きしめるようにして、布で包みこむ。

それから彼は、朔実の濡れた髪に唇で触れた。まるで愛おしむように。

（え……っ）

驚きで声も出ない朔実を彼はじっと見つめ、そして黙って浴室を出て行ってしまった。残された朔実は温かい布の感触と、いつの間にか冷えていた肌に戸惑う。

どうして、触れてくれないのだろう。自分たちは、番になったのに。

小さな脱衣所にひとり立っていた朔実は自分の冷えた肌と、先ほど布越しに感じた彼の吐息の熱さに、ただ心が乱れるばかりだった。

□□□

やっぱり自分は、ジュードに相応しくないのだ。

そう考え始めると、気持ちが昏くなる。

気持ちが落ちこむと、あの思い出がよみがえる。

両親と祖母が亡くなった時のことだ。

人を喪うというのは、深い傷が残る。自分のいる場所さえわからなくなる、欠けた気持ち。

そんな心許さが朔実を不安にさせるのだ。

ダイニングに現れた彼は、スッキリとしたシャツに、柔らかい布地のスーツを着ていた。それが、すごくカッコよくて、ドキドキが止まらない。

「オードブルでございます」

リントンが給仕をしてくれる夕食は彩りと盛り付けが美しい。でも、それ以上に綺麗なのは、朔実の目の前に座って優雅に食事をしているジュードだった。

(背が高くて姿勢がいいから、エレガントだよね。あのスーツとシャツも似合っていて、すごくいいな。品があるもん)

そんなことを考えていると、白い皿に盛られたアミューズ・グールという、小さな一口料理が並べられる。キッシュやサーモンが、とてもおいしい。

――――はずだった。

「グリーンアスパラガスのポタージュでございます」

昨夜の夕食の時も、見たこともないごちそうが並べられ、どれもこれもが美味すぎて素直に震えた。だけど、今は胸の鼓動が激しすぎて、味なんてわからない。

いい香りのするポタージュなのに、なんだか味がしなかった。

(もったいない。絶対においしいものを食べているのに、味がしないなんて。味覚よ、よみがえって！　そしておいしいものを、堪能させて！)

必死で祈ったが虚しく、いい香りのポタージュスープはお湯の味がした。

「ポワソンでございます。本日は、スズキのムニエルをご用意しております」

焼き目のついた皮と、柔らかい白身。磨き抜かれた銀のフォークを入れていく。

ふわふわとカリッカリの食感。それらが一緒に味わえる、おいしい一皿。噛むと魚のスープとバターのいい香りが、口の中に飛び込む絶品料理だ。

でも口は機械的に動かしているが、心は別のことに囚われている。

(さっきのあれは。さっきのあれは、なんだったのだろう)

食べているのに集中できない。咀嚼していても感動がない。こんなにおいしいものを、食べているのに。ああ、もったいない。

「レモンのソルベでございます」

きらきらのグラスに淡い色のシャーベット。上品な香りの氷菓が、火照った唇と口腔を静めてくれた。

でもやっぱり、温度はわかるけど味がわからない。こんな状態では、人生の何分の一かを損しているのだ。余りの悲しみに涙が出そうだった。

「朔実さま。お口に合いますでしょうか」

「は、はい。すっごく、おいしいです」

リントンがそう訊いてくれても、そう返事をするのが精いっぱいだ。

皿の上の料理は平らげたのに、味も感動も何もない。

「ヴィアンドでございます。本日は鴨のローストをご用意いたしました」

カリカリに焼かれた肉にナイフを入れると、桃色の断面が見える。

普段の朔実ならば、鴨なんて食べられないと思ったかもしれない。だけど、今は何も考えず口に入れた。おいしいのに感じられない。麻痺したみたいだ。

黙々と食べていたが、頭の中は彼のことで一杯だった。

溜息をつきたい気持ちになっていると、ふんわりと甘い香りが漂った。

「デセールでございます。カスタードフランのフイユとフルーツのタルトです」

目の前に出されたデザート。一緒に持ってきてもらったコーヒーの、いい匂い。

自分とは縁がない優雅で美味な夕食は、彼のことをずっと考えていたので食べた気がしない。一瞬で終わった感じだ。

豪華で丁寧に作られた美食だったが、おいしいと思えたか定かではない。

「今日は」

ずっと無言だったジュードが、口を開いた。思わず凝視してしまったが、彼は視線を向けてくれなかった。自分たちは気持ちが通じていないらしい。

「あちらの屋敷で、ずっと掃除をしていたそうですね。埃を吸い込んだら、身体に悪い。もう作業は今日で、お終いにしましょう」

「大丈夫。まだまだやれます」

この頑固な答えに、とうとうジュードは溜息をついてしまった。

「私が余計なことを言ったばかりに、やらなくていい仕事をさせてしまった。朔実の身体に何かあったらと思うと、ハラハラします」

「ジュードは、心配性すぎると思う」

「そんなことはありません」

当たり前のように朔実の心配をしてみせるが、そもそも比べ物にならないぐらい身分違いなのだ。次代の伯爵さまは、もっと鷹揚に構えていればいいのに。

それに心配されれば、されるほど、朔実の心が震えていることを、きっと知りもしない。

(こんなに立場が違う自分を、本当に好きになってくれるはずがない)

あまりにも親密な態度を取られると、どう反応していいのかわからなくなる。

今まで学校の友達と親密になったこともないし、そもそも友達と呼べる存在がいなかった。

それぐらいオメガは差別されてきたからだ。

「どうしてジュードは、ぼくの心配をしてくれるのですか」

彼の優しさに触れるたびに、動揺してしまうのが怖い。朔実は思いきって、訊いてみることにした。もしかして。もしかして。

「どうしてって、当然のことでしょう。なぜそんなことを思うのですか」

彼は手にしていたカップをソーサーに戻し、真っすぐに朔実を見つめる。

「ぼくとジュードじゃ身分違い過ぎるでしょう。それに年だって離れているし」

「身分違いとか、考えたこともありませんよ。よく想像して、考えてみてください。なぜ私があなたを大事にするのか」

「え？　は、伯爵の、命の恩人の、孫だから」

「違います」

彼の瞳が、光を弾く。まるで宝石のようだ。朔実は思わず、見入ってしまった。

「恩人というなら、確かに深い感謝を持って接します。ですが、それだけの関係で終わるかも知れません。もともと人付き合いは、淡泊なほうですから」

「じゃあ、どうして」

「幼いあなたには、男心がわかりませんか」

戸惑った声が出てしまうのは、謎かけされるのが苦手だからだ。わからないことがあるのを面白がられるのは、嫌いだし不安になる。

「惹かれる方には、どこまでも尽くしたい。犬が主人のためなら、我が身を投げ打つのと同じ気持ちです」

「い、犬なんて、そんな……」

「這いつくばって主人の足を舐める犬を、哀れむ人もいる。だが、その瞬間こそ、犬にとって最大の悦びなのかもしれません」

「悦び？」

「この主(あるじ)に仕える幸福。快楽。愉悦。誰にも譲らない。最上級の褒美」

思いもしなかったことを言われて、言葉を返せなかった。だけど、彼の瞳は熱い。溶かされてしまいそうだ。

自分はオメガだから、ジュードに抱いてもらえた。そう、オメガだからだ。それ以上の存在じゃない。何かを期待しちゃダメだ。

オメガでなければ彼はきっと、自分のことなんか振り向きもしなかったろう。

見つめてくるジュードの瞳から、慌てて目を逸らす。

「ごちそうさまでした。おいしかったです。ぼく、今日はもう寝ますね」

コーヒーのおかわりを断って、自室へ戻った。

毛足の長い絨毯に、何度も転びそうになりながら。なぜだか涙が滲みそうになっているのが、可笑しいと思う。

オメガだ。オメガ、オメガ、オメガ、……オメガ。

こんな大きなお屋敷に住むアルファが振り向いてくれたのは、オメガだから。ひとりの人間としてならば、釣り合いが取れるはずもない。

優しくされると嬉しかったし、ときめいていた。でも、だからこそ心が痛い。

ジュードは別世界の人なのだから、番だからといって浮かれてはいけない。

部屋に戻る廊下で、アメリと擦れ違いになった。彼女は笑顔で話しかけようとしてくれたが、朔実は何も言わないで部屋に飛び込んでしまった。

「朔実さま、朔実さま。どうかなさいましたか。お加減でも悪いのですか？」

アメリが心配して、何度もノックしている。それに応えることができない。涙が次から次へとあふれ出していたからだ。

オメガなんかに生まれたくなかった。ジュードと出会わなければよかった。

オメガじゃなければ、こんなにも苦しまなかったのに。

でも自分はオメガ。オメガ。

発情を迎えたら我を忘れて男を引き込む。そして何日もかけて、男の精を欲しがる浅ましい、醜いイキモノ。

ジュードは自分みたいなオメガの手には届かない、高嶺（たかね）の花。

そんな童話がなかっただろうか。

混乱した頭で考えて、古い童話を思い出す。

海で溺れた王子を助けて、うっかり恋をしてしまい、人間になった人魚姫。

だけど王子は隣国の姫君を選び、人魚姫は海の泡となり消えてゆく。

自分もそうだ。

ジュードは自分みたいなオメガの手には届かない、高嶺の花。

後ろ手で扉に鍵を締め、ベッドに突っ伏して涙を流した。

「朔実さま。どうかお開けになってください。朔実さま」

心配してくれるアメリの声が虚しく響く。

開けなくてはと思いながら、立ち上がることができない。淋しくて悲しくて、いつまで経っても涙は止まらなかった。

（ぼく、変だ。……おかしい）

自分で自分の気持ちがわからない。この妙な現象に、心は揺さぶられるばかりだった。

6

一晩中、雨が降り続けた翌日。昼過ぎから、ようやく晴れてきた。

朔実はこっそり古屋敷に行く準備をしていた。準備といっても、もともと着ていた古着と古い靴の姿で、タオルで顔を覆うだけだ。

だが絶対ジュードにも、リントンにもアメリにも、いい顔をされない。

理由は危険だからだ。

特にジュードは、自分の番が危ない場所で作業しているのを嫌がった。心配してくれているからこそ、いい顔をしないのだ。

作業で汚れまくっていた服や靴は、綺麗に洗濯してもらっている。

せっかく洗ってもらった服をまた汚すのは忍びないが、リントンが用意してくれた新品の服を着るわけにもいかない。

『もう作業は今日で、お終いにしましょう』

ジュードの一言がよみがえる。喜ばれていないどころか、心配ばかりかけるからだ。しかし今さら途中で放り出すなんて、朔実の性格からすると無理な話だ。

今日も朝から、こっそり掃除をするつもりで準備して。だが。

「え？」

古屋敷の扉を開いた朔実は、室内の様子が一変していることに呆然とする。

「え……、え？　————ええええ!?　な、なにこれ！」

見慣れていた光景が一変していたのだ。

玄関から入るとまず目に入る大きな、古い階段。しっかりした造りではあったが、手すりは劣化していたし、敷いてある絨毯もボロボロだった。古式ゆかしいカーペットホルダーで固定されていたが、いつ足を引っかけるかヒヤヒヤするものだったのに。

それが今や、綺麗に塗装され、新しい絨毯に張り替えられて、真鍮のカーペットホルダーで固定されている。

昨日までは確かに埃と塵が積もり、ネズミが出入りし放題。とにかく薄汚れていた。窓ガラスは向こう側が見られないほど曇っていたし、人間ではない別の生き物が巣を作っていた屋敷。

……であったはずだ。

だけど、今日はぜんぜん違っていた。

淡い水色の壁紙に、窓にかけられたカーテンは真っ白だ。繊細なレースが美しい。

天井も綺麗になっていて、蜘蛛の巣が綿のように張っていたのが嘘のようだ。家具もオーク材のものに一新されていて、キャビネットの中にはピカピカのグラスや食器。生花も飾られていて、馨(かぐわ)しい香りに満ちていた。

呆気(あっけ)に取られていると、背後に人が立つ気配がした。慌てて振り向くと、そこにいたのは、ジュードだ。

「ジュード。これ、どういうことですか」

「昨夜のうちに、工事業者と清掃業者に入ってもらいました」

「昨夜って、あの雨の中を？」

「ちょっと急いでもらったので、業者には無理をさせてしまった。でも、仕上がりは最高です。一緒に中に入りましょう」

今までの状態が嘘のように磨かれた床を見ながら、呆れ果ててしまった。

その朔実に彼は、「どうぞ」と手を差しのべてくる。まるで、王子さまにエスコートされる姫君みたいに気おくれする朔実は、部屋の中へと誘(いざな)われた。

一階のリビングはもちろん、二階の主寝室、ゲストルーム、子供部屋までリニューアルされ、リネン類は新品に取り換えられている。

「子供部屋まで。かわいい」

「ここは、赤ん坊だった私の部屋でした」

ジュードが感慨もないような口調で言うので、思わず顔を見た。

総勢何名で施工したのか。だが、相当な作業量だったろう。呆然としていると、とても冷静な声が頭上から降ってくる。ジュードだ。

「どうせ止めても、あなたは私の目を盗んで掃除をしに中に入るだろうし。そのたびに私もリントンもアメリもハラハラするわけです。ならプロに直してもらおうと」

お説教のような口調で言われて、思わず肩を竦めた。

「あなたがケガをしないか、大変な思いをしていないかと、心配するわけです。おかげで勉強が手につきません。昨日も講義中に、何度も注意されました」

見たこともない表情で見つめられていた。怒るか呆れるかと予想していたが、彼の顔は憂慮に満ちていた。

自分が思うより、ずっとずっと心配されているのだ。

「あの、昨日の講義中に注意されたって……」

「あなたのことが気になって、講義に集中できませんでした。老朽化した建物で、もしも足を踏み外したら。いいや、階段ですべり落ちたら。あなたは熟練の大工ではない。どんなことで大ケガをするか、わからないのですよ」

「ジュード、あの……」

予想外の言葉に驚くと、ジュードはそっと頬を寄せて囁いた。

「もともとの原因は、私です。だからこそ後悔して、後悔し続けました」

意地悪じゃない。とても頼りない声で告げられ二の句が継げなくなった。

よかれと思ってやっていたけれど、それはジュードを心配させるだけだったのだ。

「……ごめんなさい」

素直に謝罪の言葉が口から零れた。

朔実だって彼を困らせたいわけじゃなく、何か役に立ちたかっただけなのだ。でもその結果、真夜中に職人を呼んでの大工事を引き起こしてしまった。

「すごい大工事なのに、夜中に作業させちゃって、すみません」

「長年、館に出入りしている修理業者だから、無理を聞いてもらえました。大丈夫。心配しないでください」

その言葉に、胸が痛い。

自分はなんて、考えが足りず浅はかだったのか。朔実が我を通そうとしたからジュードやリントンに心配をさせて、揚げ句の果てには業者に無理をさせた。

これは自分の責任だ。

しょんぼりして無言でいると、柔らかい感触が髪に触れる。

ジュードの優しいキスだ。ぼんやりしていると、鼻の頭にもキスをされる。

「あの……」

「私はあなたに、お礼を言いたいです」

「え？」

突拍子もない言葉に朔実は目を見開いたが、彼は静かに続けた。

「母は伯爵夫人という立場でありながら、好きな男と出奔しました」

「出奔？」

「男と駆け落ちをしたという意味です。今、どこにいるか。誰も知りません」

予想もしていなかった告白に何も言えなかった。

『奥さまは……、あの』

アメリが言葉を濁したのは、このためだった。大変なスキャンダルではないか。

「父は絶望と失望で病に臥し、亡くなりました。私が十四歳の時です。もともと身体が弱い人だったから、精神的なショックに耐えられなかったのでしょう」

ジュードは淡々と父親の悲劇を説明したが、朔実は聞くに堪えない。いや、堪えないのではない。――――悲しかった。

何もかもに恵まれたアルファのジュードが、そんな思いをしていたなんて。

思い入れのある屋敷を荒れるままにして、放置していた。手入れなどしたくない。でも壊すことはできなかった。

両親と自分がこの館で暮らしていた時、確かに幸福だった。その思い出が詰まった、大切な空間だったからだ。

「ぼくは、すごく無神経なことを言ったんですね……」

申し訳なくて、涙が滲んでくる。ここで泣いたらダメなのに。でも。でも。

「それは違います」

きっぱりとした声で言われて、朔実は泣きそうになっていた顔を上げた。

「あなたは、立派なお屋敷を朽ちさせるなんて、もったいないと言ったでしょう？」

「……言いました」

『もったいないじゃないですか。木材とか、すごく立派なものを使っていますし』と確かに言った。それを思い返して、青くなる。

「す、すみません」

「謝ってほしいわけではない」

「え？」

「相次ぐ親の騒動や不幸で、私は世を拗ねていました。周囲も、腫れ物にさわるように私に接してくる。でも、気を遣われるのも負担でした。壊れ物のように接されるのは、なかなかプレッシャーだったからです。どうです？　嫌な子供でしょう」

自虐的に語ったが、確かに人に気を遣われるのは、ありがたいけれど疲れるものだ。彼が言いたいことが、なんとなくわかった。

「生まれ育った、この屋敷を見るのが嫌でした。しかし、壊すことも苦痛。そんなピリピリした大人になったある日、仔リスみたいな目をしたかわいいオメガが、こう言ったんです。もったいないじゃないですか、って」

朔実はもう頭を抱えた。自分の頭の中にはデリカシーという言葉が存在しないのか。

しかしこちらの気持ちとは裏腹に、ジュードは実に楽しそうに笑った。

「あまりにアッケラカンと言われたので、少年期から悩まされていた深い霧が、さぁっと晴れたみたい消えたんです。とても爽快でした」

顔が真っ赤になってしまった。自分のバカみたいな発言を、そんなふうに受け取ってもらえたなんて。――怒っていないなんて。

「ジュード……」

「初めて会った時、なんて可憐な少女だろうと思いました。これが私の、魂の番なのだと。柄にもなく胸がときめきました」

「でも女の子だと思っていたら実際は男なんて、イヤな気持ちになりますよね」

思わず俯いてしまうと、彼は慌てたように朔実を抱きしめた。

「魂に性別なんかありません」

強く抱きしめられて、幸福の波が襲って来る。

自分は、この人に抱きしめられたい。こんなふうに、甘やかしてほしい。

ジュードの顔を見たかったが、抱擁する力が強すぎて、彼の首筋しか見えない。

「オメガは男女関わりなく、アルファと番になれます。朔実が男だと知った時、この性質にどれほど感謝したか、あなたには、わからないでしょうね」

「でも、ぼくは祖父しかいなくて貧しくて、誇れる財産もなくて」

「知っています」

「お、おじいちゃんは腰が悪くて、これからどうなるかもわからないし、ぼく学校に行くのがイヤで、ほとんど行ってないも同然だし」

「学びたいなら、これからでも遅くないでしょう。勉強なら教えてあげられます」

「オメガでも、子供ができないオメガかもしれない。そうしたら、お金がなくて親もいない、ただのできそこないのオメガで」

　そこまで言うと、唇を人差し指で押さえられる。

「私の愛する人を侮辱してはいけません」

　優しい瞳でみつめられて、息が止まりそうになった。

「ぼくは……、ぼくは」

「あなたは私の運命です。その人に財産があろうがなかろうが関係ない。これ以上、どう言ったらいいでしょうね」

　目の前の首筋が、真っ赤になっている。これは、……これはもしや。

　照れている？

呆れたのと、そのかわいらしさに、朔実の頬も一気に赤くなる。

……どうしよう。

どうしよう、どうしよう。どうしよう。

この人がすごく、すごく、すごく――――愛おしい。

すごく好き。

誰もが認める貴公子で次期伯爵で、完璧な容姿で、でも。

そんな完全無欠の人じゃなくていい。こうやって恥ずかしがって、うなじを赤くしている彼が、とてつもなく愛おしい。

この人がアルファで、自分の番。

きつく抱き合ってから、お互いの瞳を見つめあった。

こんなにも信じられる人が、この世に存在する奇跡。こうやって触れ合っているだけで、とても幸福になれる。

他人から、こんな気持ちを貰えるなんて、考えたこともなかった。

「朔実。ヒートでないのに、あなたを抱きしめていいですか。私は、あなたを抱きしめたい。自分のものにしたいです」

「……ぼくも。ぼくも、もっとジュードに近づきたい」

自分の言ったセリフが恥ずかしくて、頬が真っ赤になってしまった。それをどう思ったのか、ジュードは目を細めて見つめてくる。

何度もキスをして、何度も見つめ合った。

彼の背中にすがりついていると、甘えた声も恥ずかしくない。

かわいい子供部屋で二人で床に座り込み、何度もくちづけし合う。聖なる部屋で、自分たちは何をしているのだろう。

（神聖な場所で、いやらしいことをしている）

水色の、優しい色合いの壁紙。レースで覆われた天蓋つきのベッド。フリル、リボン、クマちゃんのぬいぐるみ。

そんな綺麗に整えられた場所で、自分は淫らに喘いでいる。その落差が恥ずかしくて、疚(やま)しくて、後ろめたくて。でも。

でも、それがいい。すごくすごく感じる。悪いことをしている淫らさが、ぞくぞくする。頭の中が、ぼうっとした。まるでヒートの時みたいに。

自分では抗えない、快楽の誘惑。

熱に浮かされたみたいに、物事がはっきりしない。考えようとすると、唇を塞がれる。

「朔実、ここに手をついて。そう。いい子だ」

可愛いベビーベッドに上半身を倒す、うつ伏せの格好を取らされた。いつの間にか衣服が取り去られた下半身が、ジュードの前に晒される。恥ずかしい。

恥ずかしいのに、でも、すごく興奮した。

「いいですね。挿れますよ」

熱い吐息と共に囁かれて、ぞくぞく震える。

いやらしい。だめ。やめて。ああ、いや。

頭の中にいくつも否定的な言葉が過るけれど、それらは一瞬で砕け散り、キラキラ飛び散っていく。それが映像で見えるみたいだ。

男の熱い舌に首筋から背中を舐められた。それだけで、頭の芯が蕩けた。ジュードは甘い声が了承だと受け取ったのか、突きだした尻の狭間(はざま)を舐めていく。

「あぁぁ……っ」

何度も舐められて、無意識のうちに腰を突き出し性器をベッドに擦りつける。それが、どんなに背徳的なことか、わかっていても止められない。

「んぅ、あ、あ、あああ、あ……っ」

可愛い赤ちゃん。ジュードとの赤ちゃん。

でも今はヒートじゃない。それなのに男に尻を舐められて、こんないやらしい格好で喘いでいるなんて。おかしい。ぼくは、おかしい。

「だめ、だめ、汚しちゃう、汚し、ああ、あああ、あああ、あああ――――っ」

後ろを弄(いじ)られ舐められ、無我夢中で性器をベッドに擦りつけていると、あっという間に絶頂を迎えた。

「いっちゃ、う。いく、いくぅ……っ」

いやらしく腰をくねらせて、何度も白濁を撒き散らす。

びくんびくんと震える身体を、ジュードは逃がさなかった。放出された体液を手の平で受け止めると、それを朔実の狭間へと塗り込んだ。

「乱暴なことをして、ごめんなさい。でも、もう止まらないんだ……っ」

うわごとみたいな男の囁きに、朔実の身体がさざ波のように震える。

「ああ、ジュード、はやく、はや、く……っ」

無意識のうちに言葉が洩れる。自分は何を口走っているのだろう。そう理性が戻りかけた瞬間。大きな衝撃に目を見開いた。

「あっ、あっ、ああ……っ」

太くて硬いものが、身体の奥を開いていく。首を反らして耐えようとしても、またしても深く打ち込まれ、逃げられない。

「ああ……、あああ……っ」

悲鳴とも嬌声ともつかぬ声が上がり、自分自身がわからなくなる。

(痛いだけ。痛い。痛い。でも、……でも、もっとしてほしい)

相反する気持ちに戸惑っていると、またしても突き上げられた。今度は小刻みに壁を擦り上げる、卑猥な動きだ。

「あぁっ、やぁ、いい、いい……っ」

突き上げられるたびに、深さが増す。太腿の内側を伝うのは、どちらかの体液だ。刺激を与えられるたびに、体液の量は増えていく。

感じているのだ。

男の太い性器を咥え込んで、自分は興奮して乱れている。

そう感じ取ると、萎えていた性器が硬く張り詰めた。さっき放出したばかりなのに、背後から男に貫かれて、興奮しているのがわかった。

「ああ、ああ……っ。もっと突いて。ぐちゃぐちゃってして。もっといっぱい、ぼくを突き上げて。動いてぇ……っ」

必死で懇願すると、何度も揺り動かされた。綺麗に筋肉がついた腕が、自分を押さえつけて、大きな欲望を叩き込んでくる。堪らなかった。

濡れた音と、肉を叩きつけるような音が何度も響く。朔実は、もう何も考えられない。

ただ汗に濡れた肌が、甘い香りを放っていた。それはヒートの時に放つ、媚薬香の匂いに似ていた。男を篭絡しているのだ。

「ジュード……、ジュード……、きもちいい？」

ヒートでない時の、つまらない自分の身体でも満足してくれるのか。

恐る恐るそう訊ねると、蕩けそうな声が耳朶に響いた。

「当たり前でしょう。ああ、蕩けそうだ。たまらない……っ」

そう言われて、首を曲げて背後を見た。自分に伸しかかっている彼は、額に汗を浮かべて眉を寄せている。

官能的な表情だった。

その顔を見たとたん身体が震えてしまい、結果として体内に挿入されているジュードの性器を締めつけていた。

「ああ、朔実……っ。この悪戯っ子め……っ」

無意識のうちに蠕動してしまった朔実を軽く睨み、淫蕩に唇だけで笑う。

「悪い子には、おしおきをしなくてはね」

その表情を見たとたん、身体中から力が抜けてしまった。ベッドに上半身を倒していたけれど、ずり落ちてしまいそうだ。

「落ちる、――――おち、る」

「落ちる？　いいですね。二人で素敵な世界に堕ちましょうか。きっと、そこは天国だ」

甘い声を聞いているうちに、頭が蕩けてしまった。自分たちは天国に向かっている。きっと、蜜の世界だ。

大きなものに突き上げられて、身体が仰け反る。それでも顔には微笑がうかんでいることを、朔実は知らなかった。

「中に出しますよ。ぜんぶ受け止めてください。一滴残らず」

「あぁっ。あぁっ。いやぁ、いっちゃう、いくぅ……っ」

白い閃光が弾ける。必死で腰を蠢かし、愛する男の性器を咥（くわ）え込んだ。

「あああ、あ、また、また、溶けちゃう。……とけ、る」

朔実が身体を強張らせた瞬間、挿入されていたジュードの性器から、おびただしい量の精液が放出された。朔実は恍惚（こうこつ）として、その体液を受け入れる。

（うれしい。こんなに精液をもらったら、きっと赤ちゃんができる）

（ヒートじゃないけど、きっとあわてんぼうの精子が、身体の中にくっつく）

（そうしたら妊娠だ。ジュードの赤ちゃん。夢みたい）

蕩けたまま、甘い夢を見る。

ジュードと、彼によく似た赤ちゃんと、そして自分。

今までオメガとして辛酸（しんさん）を舐めてきたけれど、赤ちゃんの笑顔があればいい。それだけで、絶対に幸福になれる。

身体の奥に注がれたものは聖液だ。自分に子供を贈ってくれる、聖なる液体。ヒート出ない時に種を出されても着床（ちゃくしょう）は難しい。それでも朔実は幸せだった。

荒い吐息の中、何度もくちづけを繰り返すジュードが愛おしくて、堪らなくなる。しばらく抱き合って、息を整えた。

「……ベッド、汚しちゃった……」

ちいさな声で囁くと、抱きしめているジュードが笑う。

「そんな心配、しなくていいのに」

「だって……」

「この部屋が使われるのは、我が子が誕生した時だ。きみはもう、新しい命を授かったのですか。それならば素晴らしいけれど」

ジュードはそう言うと、またキスをする。今度は額に。それから立ち上がると、作りつけられた扉の向こうに消えた。しばらくすると、微かな水音が聞こえる。

(シャワーだ。そんなものまで造られているんだ。すごいなぁ)

ふと、ここに住んでいた、ちいさなネズミのことが脳裡を過る。

(あの子たちは、どこへ逃げたのだろう。うまく次の住処(すみか)がみつかるといいけれど)

小さなベビーベッドだが、身体を丸めれば小柄な朔実は横になれた。あとで掃除と洗濯をして、淫らな汚れを落とさなくては。

そんなことを思っていると、ジュードがバスルームから出てきた。もう、きちんと服を身に着けている。彼は朔実に近づくと、チュッと髪の毛にキスをした。

その時。トントントンッと軽い音が響く。

朔実が身体を固くすると、ジュードが落ち着いてというように、毛布を引き上げてくれた。肌が露出していないことに、思わず安堵の溜息がでる。

もう一度トントンッと音がしたので顔を上げると、いつの間にか扉が開いていて男が立っていた。見知らぬ男性だ。

「失礼。長くなりそうなので。お邪魔するよ」

そこに立っていたのは、背の高い痩躯の老人だ。年老いてはいるが背筋が伸びて、矍鑠とした姿だ。白髪に金色の瞳が美しい。

着ている服も、ダブルブレステッドスーツに、シルクの蝶ネクタイ。ストレートチップの革靴に山高帽、仕上げは象牙のステッキと、見惚れてしまいそうな英国紳士だ。

この人、誰だろう。朔実がそう思った瞬間、ジュードが口を開く。

「おじいさま」

驚く一言に朔実は慌てて彵と身体を離した。

(ジュードのおじいさんで、おじいちゃんの友達。そしてウェール伯爵家当主だ！)

そんな方に、とんでもないところを見られてしまった。どうしよう。どうしよう。

真っ青になった朔実を、ウェール伯爵はじっと見る。そして優雅に微笑んだ。

「どうぞお楽に。孫から、あなたのことは伺っています。朔実・セレソ・水瀬。初めまして。

……ああ、次郎の若い頃に、とても似ておられる」

ウェール伯爵の口から、自分の名前を言われて驚いた。そんな朔実とは対照的に、伯爵は目元を細めて朔実を見ている。

「今日は孫と一緒に、あなたの話を伺いたかった。いろいろ訊きたいことも、おありでしょう。私も次郎のお孫さんと、ぜひお話がしたかった」

「ぼくとですか」

祖父の名前が出て思わず反応すると、厳(おごそ)かに頷かれた。

「私にとっても親しく近しい生涯の友人、次郎。その孫であるあなた。そしてジュードも。先に下に行っていますので、どうぞお支度をしてからいらしてください」

伯爵はそう言うと、部屋を出て行った。

お支度をしてから？　朔実は首を傾げ、次の瞬間に血の気が引く。

自分の首には包帯が巻かれている。だけど、それ以外は真っ裸。しかも身体中のあちこちに紅いキスマークをつけているし、毛布もかけられている。

だけど、あからさまでないにせよ、上気した肌や、乱れた髪、そして隠せない情事の雰囲気で悟らないはずがない。

「わぁぁぁっ！」

叫んだが、時すでに遅し。

慌てて胸元を隠すと、突っ伏して泣き出してしまった。

「ジュードのばか！　バカバカバカ！　伯爵に見られちゃったじゃないかぁぁあ！」

わぁんと泣き出した朔実を慰めながら、ジュードはやれやれと苦笑を洩らす。

そんなふうに突っ伏しているとお尻が丸見えなのだが、彼は大人なので口には出さず、そっと毛布で可愛いものを隠してあげた。

紳士とは、常に慎み深いのである。

7

けっきょく朔実はシャワーを浴びるよう言われたので、従った。

伯爵をお待たせしているのにと焦ったが、そう考えた朔実にアメリは首を振る。

「伯爵さまはジェントルマンでいらっしゃるから、身支度に時間がかかることぐらいで怒ったりなさいませんわ。それより、髪が濡れております。どうぞこちらに」

着替えが終わると、アメリが椅子に座るよう言ってくれる。自分でやる自信がなかったので、彼女にお願いすることにした。

「あ、あのね。伯爵さまに寝起きを見られちゃったから、ちょっとイメージを軌道修正したいんだ。真面目そうな髪型にしてくれる？」

そう言うと彼女は一瞬だけ目を見開き、すぐにキャラキャラと笑った。

「伯爵さまはお優しい、とても素敵な方ですよ」

「うん、でも……。やっぱり格好つかないよ」

変なところを見られたしと口走りそうになって、慌てて口をふさぐ。ジュードと番になったことを、アメリは知らないのだ。許嫁はお嬢さまと信じているのだから。

「冷たいレモネードをどうぞ。すっきりしますよ」

そう言いながら、大きなグフスをサイドテーブルに載せてくれる。ちょうど喉が渇いていたので、ありがたくストローを口にした。

甘くて爽やかで、とてもおいしい。ごきげんになった朔実の背後に回ると、彼女は優しい手つきで髪を梳かしてくれる。

「あ。そういえばアメリとは、ちゃんと話ができてなかったよね」

なんとも間が抜けたことを言ってしまったが、アメリは笑顔だ。

「とんでもないことでございます。でも朔実さまはお会いになってないけれど、わたくしは朔実さまに、ずっとお会いしていました」

「え？」

言葉遊びみたいな、ややこしいことを言われて首を傾げると、彼女はまた笑う。

「ジュードさまとご一緒に十日以上お部屋にこもっていらした時、わたくしが身の回りのお世話をいたしました。やっぱりお気づきでなかったのですね」

そう言われて、飲んでいたレモネードが喉に詰まりそうになった。

「あ、あの。それって、あの。あの。まさか」

十日以上も部屋にこもっていた時、とは。まさか。まさか。

「わたくし朔実さまがヒートになられた時、ずっとお世話をしておりました」

頭が殴られたみたいな衝撃が起こった。

ヒートの時というのは覚醒して、十日以上もジュードと抱き合っていたことを指す。確かに誰かに面倒を見てもらわなければ、水ひとつ飲めない状況だ。

でも。

ヒートの時、我を忘れてジュードと抱き合った。その後始末を、彼女がしたのか。

「ど、ど、どうしてアメリがオメガの世話をするなんて。ひどい。お、女の子にそんなこと、ひどい。ひどすぎる……っ」

それだけ必死で言ったが、酸欠になった。真っ青になった朔実を見て、彼女はレモネードのグラスを差し出した。

「さ、もう一口お飲みください。落ち着きますからね」

言われるままストローで吸い込むと、先ほどと同じ冷たさと爽やかさが口の中に広がった。ごくごくと飲むごとに体温が下がる気がする。

「……うん。落ち着いた」

「よかった！　おかわりお持ちしますね」

優しく微笑まれて、張りつめていたものが静められる気がした。アメリはすぐに二杯目のレモネードを、目の前に置いてくれる。

「あの。い、いつから知っていたの？　ぼくが、ジュードの番だってこと」

小さな声で訊ねると、彼女は「朔実さまのヒートが始まった時です」と言った。

「あの、なんか、……ごめんね」

「何を謝られるのですか？」

「ぼくがオメガでジュードの番だってこと、ずっと黙っていて、ごめん」

思いきって告白して、俯いた。今さらだけど顔が上げられない。

素敵なお嬢さまとジュードが番になることを望んでいた彼女にとって、自分みたいなオメガには、さぞや失望しただろう。

（アメリに嫌われちゃったかな）

しょんぼりした気持ちでいると、「朔実さま」と優しい声で話しかけられた。

「わたくしジュードさまの番が朔実さまで、とっても嬉しいです」

「え？」

「朔実さまは頑張りやさんで、お気持ちがとても優しい方。そんな方がジュードさまの傍にいてくださるなんて、本当に嬉しいです」

呆気に取られる言葉に、朔実はおずおずと口を開いた。

「でもぼく、お金持ちのお嬢さまじゃないよ？」

恐々言うと、アメリは申し訳なさそうに顔を曇らせてしまった。

「わたくし、オメガの知識がありませんでした。朔実さまがヒートになられた時、いろいろな本を読んでオメガの勉強をしたんです。ヒートのことも学びました。私たち平凡なベータには想像もつかないご苦労があったことも知りました」

そう言うと彼女は朔実の手をギュッと握りしめる。

「……ぼくのこと、嫌いになった？」

「いいえ。逆です！」

大きな声に驚いていると、アメリは朔実を見た。

「ご苦労をされても、朔実さまは明るく笑っていらっしゃる。そんな朔実さまが好きです。大好きです！　この館においでくださる日が待ち遠しいです！」

声は元気なのに、少し涙ぐんでいる彼女の気持ちを聞けて、心が楽になった。

メイドになど、好かれようが嫌われようが構わないという人もいるだろう。でも、朔実はアメリに、受け入れて貰えるのが本当に嬉しかったのだ。

「アメリ、ありがと……」

朔実の声が小さかったのは照れくさいのと、ちょっと恥ずかしかったのと、……嬉しくて震えていたからだった。

そんな二人を、入室しようとしていたジュードは、ずっと見守っていた。

□□□

鏡の前で服装チェックをしているると、ジュードは頷きながらシャツの襟を直した。

「緊張していますか？」

朔実の顔を覗き込み指摘され、彼にはお見通しだと悟る。

「だって伯爵なんて偉い人と、話をしたことがないから」

「大丈夫。さっき、会ったじゃないですか。優しい方ですよ。大好きな次郎さんの大切な孫である朔実に、厳しいところを見せたりしません。気を楽にしてください」

「伯爵さまの前に出るなら、ジュードみたいなスーツのほうがいいんじゃないかな。さっき、伯爵さまがピシッとスーツを着ていて、すごく格好よかったし」

「いつもと変わらないのがいいですよ」

そう言う彼が用意してくれたシャツやチノパンは、とても手触りがいい。いつも着ている服とは雲泥の差だ。

最後の仕上げを手伝ってくれたアメリも、べた褒めだった。

「気取りがなくて、朔実さまにぴったりですわ。とっても凛々しくて、素敵です」

「そうかな……。でも」

「朔実さま、伯爵さまがお待ちですよ！」

「あ、は、はいっ」

アメリがガンバレというように、微笑んでいる。それに頷いてジュードと一緒に階下に向かう。階段を下りるたびに、身体に響いた。

(いたた……。身体中がミシミシする。さっき無茶しちゃったから)

情けない話だが先ほどの淫行で、あちこち痛む。いったい、どれだけ淫らな行いに耽っていたのか。

溜息をつきたい気持ちでいると、すっと目の前に手が差し伸べられる。

「ごめんなさい。まだ、動くのがつらかったのでしょう」

「ジュード……」

「お手をどうぞ。私の番。私の花嫁」

彼の手を取ると、優しく抱きしめてくれた。額にキスをされて、顔が赤くなる。

(初対面の印象は最悪だったと思うけど、ジュードのおじいさまに、どうか嫌われませんように……っ)

朔実は悲壮な決意の下、ウェール伯爵に対面することとなった。

□□□

案内された階下の部屋に入って、朔実はまず驚きの声を上げた。

「おじいちゃん⁉」

「よぉーう」

祖父の次郎が仏頂面で、こちらに向かって手をふっているのだ。

すべての緊張感をぶち壊す、この呑気な挨拶。どこまでもマイペースだ。

だが腰痛は治っていないから、車椅子に座っている。朔実は祖父の許に駆け寄ると、ギュッと抱きついた。すぐさま抗議の声が上がる。

「なんでぇ、なんでぇ。イイ歳して病身のジジイに甘えるな」

べらんめぇ口調で怒られたが、久しぶりに会った祖父だ。懐かしいのと、淋しかったのと、不安だったのと、いろいろな感情があふれる。

しがみついて離れない孫の頭を、次郎はしばらくポンポン叩いた。だが。

「それより朔実。しばらく見ない間に、やけに色っぽくなったじゃねぇか」

「……は？」

感動の再会には、あまりにも相応しくない言葉に眉を寄せて祖父を見つめた。

「お、おじいちゃん。何を言い出してるの」

「お前とうとうヒートがきたそうだな。あー。ようやく巣立ちか。清々するわ」

なんともドライな一言に、ガックリする。ほかに言うことはないのか。

「朔実くん、話は尽きないだろうが、もう座りなさい」

落ち着いた声に顔を向けると、一番奥の席に座ったウェール伯爵が、真っすぐ自分を見つめていた。そうだ。今は祖父のことは置いておかねばならない。

朔実は姿勢を正してから、椅子に移動した祖父の隣に座る。ジュードは伯爵の隣だ。

「では改めて、紹介してもらおうか。ジュード」

伯爵の一声に彼は頷き、朔実を真っすぐに見て言った。

「おじいさま、私の番、朔実・セレソ・水瀬です」

そう言うと伯爵は鷹揚に頷いた。

「セレソ。スペイン語で桜だ。美しく花開く、すばらしい樹だよ」

一度そんな話を母から聞いた気がした。でも、あまりに幼かった朔実は、聞いても忘れていたのだ。そのことが恥ずかしいと思った。

「桜の名に似合いの、綺麗な子だ。若い頃の次郎にも似ている」

名指しされた祖父は、面白くもなさそうに肩を竦める。

「おれより娘に瓜二つだ。死んじまった娘は桜が大好きでさ。自分の子供が女の子だったら迷わず、さくらって名にする予定だった。でも、生まれたのが男だったから、ミドルネームにした。……ま、シケた思い出話なんか、どうでもいいや」

娘夫婦と妻を事故でいっぺんに亡くした祖父は、面白くもなさそうに話を切り上げた。

朔実が思わず祖父の太腿に手を置くと、ベタベタするんじゃねぇと怒られる。だけど、朔実の手を払ったりしない。

その強がりと優しさが、今は悲しいと思った。

最愛の家族を一瞬で失ったのだ。事故から何年経っても、痛みが消えることはない。

「それより朔実、お前の気持ちはどうだ。伯爵家のご令息と番になりやがって。そんなに苦労したいのか？　身分違いは古今東西、死ぬまで苦労すると決まっているよ」

ズケズケと言いたいだけ言う祖父に戸惑ったが、これは次郎からの確認だ。

身分違いもはなはだしい男と番になって、幸福になれる確証はない。傷つく前に止めるほうが得策だと言っているのだ。

「苦労するのは、承知の上です。だって、ぼくオメガだし」

思わず敬語で答えたが、語尾が震えていた。こんな改まった席で自分の考えを言うなんて、初めてのことだからだ。

「ぼくはジュードが好き。だいすき。身分違いなのは承知しています。でも彼と離れたら生きていくのが、……つらい」

心の奥から絞り出すような声が出た。次の瞬間、涙が零れ落ちる。

「おい、朔実」

「ご、ごめんなさい。泣くつもりじゃないのに、涙が出た」

慌てて目元を拭い、真っすぐに祖父と伯爵を見据える。

「でも、ぼくはジュードが好きです。番でなくても魂が結ばれてなくても、たぶん、ずっと好きです。だから、一緒にいることを認めてください」

その時、ふっと肩が温かいもので包まれた気がした。顔を上げると、いつのまにか隣に来たジュードが、朔実の肩に手を置いてくれていたのだ。

「おじいさま。私たちが結んだ番の絆を、どうか許してください。私はもう朔実がいなければ、生きていけません」

きっぱりと言ったジュードに、朔実の涙が止まらなくなる。さっきまでの感情が高ぶったものとは違う。感激の涙だ。

「ごめんなさい。ごめんなさ……」

そう謝りながら涙を零し続けると、毅然とした声がした。

「朔実、なんでお前、失敗したみたいに謝りまくっているんだ。お前は何も悪くない。だから、謝らなくていい」

その場に流れる緊張感を断ち切ったのは、次郎の一言だった。

「お前は愛する人間ができて、番になれた。素晴らしいことじゃないか。胸を張れ。オメガのお前を、ずっと母さんも婆さんも心配していただろう。番を見つけて、ようやく安心させることができる。こんなに素晴らしいことはないだろう」

そう言うと、次郎は伯爵に向き直った。

「孫は好きな番を見つけた。二人の行く末を見守ってくれないか。頼む」

そう言って伯爵に頭を下げた。すると。

「次郎。あなたは、このウェール伯爵家の歴史を知らない」

身分をわきまえろと怒られるかと思ったが、続く言葉は正反対のものだった。

「代々のウェール伯爵家当主はアルファであり、番を持ち繁栄してきた。番の出自は、いっさい問われたことはない」

「そりゃあ豪気だ」

「それに、すっかり忘れているようですが、孫同士を番にして伯爵家に迎え入れたいと言ったのは、私ですよ。反対する理由がないでしょう。こんなに喜ばしいことはない。朔実、ウェール伯爵家は、あなたを心より歓迎します」

緊張して硬くなっていた身体が、ようやくゆるむ。

自分は伯爵に認められていたのかと。

「ウェール伯爵家は粋だね。互いが認め合ったなら、どんな身分でも許されたのか」

「そう。時として王室の出のものもいれば、街頭の花売りオメガだったこともある」

現代よりも身分については、厳しかっただろう昔の話だ。

「だからジュードが心から愛した朔実がオメガであるのは、実に喜ばしい。彼らの子供は、またウェール伯爵家の礎となる。何より次郎の最愛の孫である朔実を、当家に迎え入れられるのは最高の喜びだ。私はきみとの縁を、断ちたくなかったからね」

この言葉に次郎は肩を竦めただけだった。

「だが、私が無理に朔実を連れてきたせいで、二人を苦しませた。謝罪する。それと次郎は私の口座に、融資した金額を毎月返済してくれるが、あれももう結構だ」

それを聞いて、次郎はさすがに目を見開いた。

「あんな多額の金を寄付だと。正気か」

「きみから返済してもらおうなど、考えていなかった。あれは五十年前に私を助けてくれた時の、ほんの礼のつもりだった」

そう言って伯爵は肩を竦める。そして朔実に向かって「すまなかった」と謝罪する。頭を下げられたほうは絶句するばかりだ。

「ちゃんと理由を話さず、きみを屋敷に連れてきてしまい、苦しめた。どうか、この愚かな老人を許しておくれ」

「いいえ。昔、祖父の会社が危なかった時に融資してくださって、ありがとうございます。お陰でぼくも路頭に迷わずにいられました」

朔実がそう言うと、次郎はバツが悪そうな顔をした。

「孫にこんなことを言われるようじゃあ、おれもお終いだぁ」

おどけた口調に、部屋の中が温かい空気に包まれる。

皆が穏やかな表情をしていたのが、印象的だった。

「失礼いたします。お食事の支度が整いました」

リントンがそう言いながら部屋に入ると、ダイニングへと案内してくれる。大きなテーブルに並べられたのは昼食だから、決して豪華ではない。

でも、心のこもった温かいお料理。それに金色に光るスープ。何気ない気持ちが、ありがたいとしか言えない。

（皆が笑顔って、いいな）

伯爵と次郎は並んで座り、昔話に花を咲かせている。会話に入ろうかと思ったが、五十年以上も前の話なので、たちまち降参だ。

「次郎は倒れた私の見舞いに、何度も来てくれただろう。意識もなく身分もわからなかった私のために……！　あれは嬉しかった。本当に嬉しかった」

「その話はもう百回は聞いたよ」

「では、百一回目の話をしよう。きみは私の病床の枕元に、花を置いてくれたろう」

「あーあー。飲んでないのに、酔っ払いか。やだね、年を取ると昔話ばっかりだ」

ふたたび和やかな笑いが起こる。優しい空気だ。

祖父たちもジュードも、お茶のおかわりを持ってきてくれたアメリも、いつもは表情を出さないリントンさえも、口元に笑みを浮かべていた。

幸福って、こんなことを言うのかもしれない。

両親と祖母をいっぺんに亡くした時、慟哭するしかなかった。絶望しか見えなかった。オメガの自分は、幸せになれないのだと変な考えすら起こった。

ジュードも両親のことで、自分にはわからない辛酸を舐めた。

それでも。それでも人間は光を見出し、何かを愛し、望みを持ち生きていく。

そういう生き物なのだ。

隣の席にいるジュードを見ると、穏やかな表情を浮かべてお茶を飲んでいた。だが朔実の視線に気づいた彼は、小首を傾げてこちらを見た。

「どうかしましたか？」

「ううん。おいしいね、このキッシュ。お昼からこんなの食べられるなんて贅沢」

ご機嫌な表情で言うと、ジュードもにこやかに笑う。

「気に入ったのなら、もっと持ってこさせましょう。リントン」

「はい、ジュードさま」

「朔実にキッシュをもっと切っておくれ。大きめにね。あと、お茶のおかわりも」

「あっ、まるでぼくが大食漢みたいな言い方だ」

「それは失礼。では、止めましょうか？」

「ううん。おかわりほしいです」

笑いが起こって、優しい空気になる。それが心地いい。こうやって大切な人に囲まれて、優しい気持ちに触れていれば、人は嬉しい気持ちになれるのだ。

リントンが席を離れた隙に、ジュードの耳に唇を寄せる。

「あのね、ぼくジュードのことが好き」

けっこう一大決心で言ったのに、彼はちょっと小首を傾げるだけだ。

「はい」

「ちゃんと聞いている？　ぼくね、ジュードのことが」

言い返そうとすると、キュッと手を握られた。そして。

「もちろん、わかっています。私の朔実。私の――――魂の番。あなただけです」

そう囁いて、握った手にキスをされた。

「いい子にして、お茶を楽しみましょう。あとで二人きりになったら、たくさんキスをします。いいですね？」

囁きは甘く、信じられないぐらい熱を帯びていた。

「朔実、返事は？」

「は……、はい」

小さく頷くのが精いっぱい。なんだか眩暈（めまい）がするみたいだ。

くるくるくるくる視界は回り、きらきらぱちんと、はじけて消えた。
いつか、ひとりになったとしても。
幸福だった記憶があれば、人はその思いを抱いて生きていける。そんな気がした。

8

「さーて。話も済んだみたいだし、おれは帰るわ」

「帰る？　帰るとは、どこにだ」

次郎の言葉に、ウェール伯爵は慌てたように椅子から立ち上がった。

「次郎、何十年ぶりの再会だと思っているんだ。もっと滞在すればいいだろう」

「いやぁ、夕飯に遅れると怒られるからな。怖いんだよ、あそこの看護士」

伯爵は内線をかけると、リントンを呼び出した。

「ご主人さま、お呼びでございますか」

「彼のケアセンターに連絡を取ってくれ。今夜は、いや、しばらく帰れないと」

「おいおいおいおいおい」

「次郎、今夜は一緒にいよう。何十年振りだろう。楽しみだ。もちろん当家に滞在中は……」

伯爵は嬉しそうに言って、祖父に歩み寄った。

二人のやりとりを見ていた朔実とジュードは、顔を見合わせる。

「ともかく。私たちは屋敷に戻る。お前たちは好きにしなさい。この館も綺麗になって、気分がいいだろう」

そう言うと二人は屋敷に戻っていく。帰りがけに伯爵は朔実に耳打ちをした。

「この屋敷はジュードが育った場所だから、思い出もたくさんあります。彼の話に少し、つきあってやっておくれ」

今はいない両親との思い出の館だ。

伯爵は次郎の車椅子を自ら押していった。車椅子を押している伯爵は、とても楽しそうに話をしている。印象的だった。

「おじいさまが車椅子をねぇ」

二人の後ろ姿を見守っていたジュードは、しみじみと呟いた。

「あの方は穏やかに見えるけど、実際はとても自尊心が高い。嫌なものは嫌と言う。相手が女王陛下であっても、NOとおっしゃる。だから、周囲はヒヤヒヤなんです。その方があそこまで次郎さんに執着しているのは、たぶん」

「たぶん？」

「あれは、おじいさまの片思いかな」

「え？　あ、あぁ……。そうか。なるほど」

驚きの目で彼を見たが、確かにそう考えれば合点（がてん）がいく。伯爵が次郎に執着していた理由は、ただひとつ。

恋心だ。しかも　半世紀を超える片恋。

それはお互いが年を取り、子を生し孫がいる今でも変わらない。

「すごいね……」

「ええ」

何年も離れていたのに、気持ちは変わらない。たとえ老いても、お互いに家族を得て失っても、心の根底に流れる想いは同じ。

「ずっと、そんな気持ちを抱けるのって、素敵だねぇ」

「ええ」

顔を見合わせてクスッと笑った。

自分も、そうでありたい。

年老いたからとか、厭きたとかいう気持ちを抱くことなく、お互いがいることが普通の空間。いつまでもこの人を好きでいたい。ずっと愛していたい。

そう思っていると堪らなくなって、思わずジュードの頬にキスをする。だが身長が合わないので背伸びして、かろうじて顎キスになってしまった。

「いきなり、どうしたんですか」

自分の顎を押さえて聞いてくる彼の顔が、恥ずかしくて見られない。

「キスしたかったけど、背が届かなかったから顎キスにした」

「顎キス……」

「ぼくがチビだってこともあるけど、ジュードの背が高すぎるからだよ」

自分でも意味がわからない言い訳だったが、他に言いようがなかった。なんだか、すごく恥ずかしい。頬が真っ赤になっているのがわかる。

両手で頬を押さえていると、ふいに背後から抱きしめられてビックリする。

「ジュード……」

「中に入りましょう」

「え？　でも、伯爵さまたちは本館のほうへ……」

「いいから。一秒でも早く、あなたを抱きしめたい」

その囁きを聞いた瞬間、噛まれた首筋がズクンと疼いた。

「だ、だってさっき……。それに今はヒートじゃないし」

そうだ。先ほどベビーベッドの上で、あんなに淫らなことをしたのに。実はまだ、腰がガクガクしている。これ以上なんて無理だ。

「あ、あの。ぼくは無理だと」

「早く入りなさい。入らないなら、お尻をひっぱたいてでも連れていきます」

強引に腕を引っ張って、中に連れ込まれてしまう。

扉が閉まる寸前に植木鉢の間から、いつものネズミたちが顔を出した。彼らは、きゅ？　という顔で朔実を見ている。無事だったのだ。

嬉しくて手を振ってあげたかったが、そんな暇は与えられなかった。

□□□

慌ただしく中に入ると抱き合って、立ったまま何度もキスをする。

「ん、……んん……っ」

抱き合っているうちに切なくなって、大きな背中に縋(すが)りつく。

（さっき、いやらしいことしたのに。あんな恥ずかしい場所で、あんな格好で。でも、まだ足りない。もっと欲しい。ああ、ぼく、どうかしてる……っ）

角度を変えて塞いでくる男の唇に、朔実は溺れた。唇を噛まれ、上顎を舌で舐められ、ぞくぞく震えた。腰に力が入らなくなる。

ふいに唇が離れたので目を開くと、彼は朔実の首に巻かれた包帯を撫でた。傷を負っているから、それだけで震えてしまう。

「すみません」

唐突に謝罪され、潤んでいた瞳を瞬く。

「すみませんって……？」

「傷のこと、まだ謝っていませんでした」

そう言われて、ヒートの時にジュードが噛んだ傷だと気づいた。

先ほどアメリが消毒して包帯を巻き直してくれたが、シャワーを浴びるとまだ痛い。

「ごめんなさいって、急にどうしたんですか」

慌てたのは朔実のほうだけで、ジュードはまったく動じていない。

「ヒートの時は私もあなたも、正常な判断ができなかった。熱に浮かされて、欲望のままに噛んでいた。……すまない」

そう言われてみて、あの時の濃厚な空気を思い出す。あの時は二人とも、少しおかしかった。薬でトリップしているような、そんな感じだった。

「噛み跡が残りそうです。あなたに似合うチョーカーを贈りますね」

包帯の上から、そっと傷跡を撫でられて身体が震えた。そんな朔実を抱きしめて、ジュードは笑った。

「どうして笑うの？」

「この間のヒートで、赤ん坊ができていればいいと思ったので」

「赤ちゃん……、来てくれている気がするなぁ」

「そうなのですか？　何か兆候(ちょうこう)でもありましたか」

「少なくとも、あと一ヶ月は待たないと、反応は出ないと思うし」

「そういうものですか……」

朔実の言葉を聞いて、彼はあからさまに気落ちしたようだ。

「それに妊娠できたとしても、ちゃんと出産まで漕ぎつけられるか、わからないし」

慰めるつもりで、そう声をかけた。だけど彼の反応は予想と違ったものだった。

「きっと、元気な赤ちゃんです」

「根拠ないのに、自信ありすぎる……」

目を瞬いたが、彼は意見を曲げようとしない。

「その子は、きっと天使のような子です。父親ですから、わかります」

「何それ。普通そういうのは、ママがわかるものだよ」

思わず笑ってしまうと、ジュードは満足そうな表情を浮かべている。

「……ぼく、何か可笑しいこと言った？」

ちょっと気になって問うと彼は「いいえ」と首を横に振る。

「あなたに出会えて、本当に幸福です」

「なんだか、素直に喜べないなぁ」

そう言うとジュードは朔実を抱きしめ、額にキスをする。

「私は、あなたと一緒に生きていきたいです」

真正面から言われて、顔が真っ赤になる。でも、幸せすぎた。

「朔実。もう一度キスをしてもいいですか」

「う、うん」

「それから、もちろん他のこともしたい」

そう言われて、さっきの言葉がよみがえる。

『私の朔実。私の――魂の番。あなただけです』

さらりと言われたけれど、他のことって。……他の、こと。

頬が熱くなってしまっていると、ふいに朔実の頬を彼の両手が包み込んだ。

「幸せにします」

「……え。あ、は、はい」

「どうか私と一緒に、これからの人生を歩んでください」

「――はい」

思わず生真面目に答えると、両腕で抱きしめられた。

「朔実。私の朔実！　あなたは私の宝石。私の人生だ！」

感極まったように言いながら、朔実の両手や両頬、果ては唇にまでキスの嵐だ。朔実は黙ってその降ってくるような賛美も、キスも享受する。

彼の言う通り、これからの人生を、共に歩むと心に誓いながら。

□□□

オメガなんて、人じゃない。ただの動物。いや、家畜だ。

子供の頃から嘲笑されるか、嫌がられるかしかなかった朔実は、ずっと幸福とは無縁だと思っていた。だって。だってオメガだから。

忌(い)まわしく穢(けが)れたオメガ。誰が、こんな家畜を愛してくれるだろう。

抱き合って、キスをして、抱きしめられ、愛を囁かれる。

キスをしながら寝室へ入り、鍵を締められた。その施錠(せじょう)の音を聞いて、胸が締めつけられたみたいに痛くなる。

「愛しています。私の朔実。私の――――魂の番」

魂の番と囁かれるだけで、自分は彼になんでもしたくなる。ジュードには、いつも笑っていてほしい。

そのためなら、自分はなんでもする。

そう、なんでも。

□□□

「ああ、ああ、あああ……っ」

ベッドの上で抱き合い、朔実が泣きながら大きく溜息をついた。

「朔実、どうして泣いているの」

男に伸しかかられて、大きく脚を開いて抱かれている。彼の背中越しに抱えられた自分の脚が見えた。それは、奇妙な高揚感を掻き立てる。

いやらしい。自分たちは、なんていやらしいことをしているのか。

「ヒートでないのに、こんないやらしくなっているのが恥ずかしくて……」

小さな声で言うと、ジュードは楽しそうに笑った。

「私は、すごく嬉しいし楽しいですよ」

彼は頬を心なしか上気させている。金色の瞳が、きらきらして綺麗だ。

そんな切ない表情を見ていると、こちらのほうが身体が熱くなる。

「すごく、いやらしくて悩ましい。ぞくぞくする」

秘め事を共有する後ろめたさが、二人の距離をさらに縮めていくみたいだ。

「あなたの中は熱くて狭くて最高だ。……たまらない」

その一言を聞いて、ゾクゾクと震えが走る。それは、快感だ。

紳士的なジュードが、淫らな欲望を隠しもせずに曝け出してくれている。では、自分もすべてを見せたかった。

「ぼくも……」

震える声で呟くと、ちゃんと聞きとった彼が、朔実の顎を指先で持ち上げた。

「ぼくも？　ぼくも、どうしたいのです」

欲望が暴かれてしまいそうで、身震いがする。でも。でもでも。

「ここでジュードに抱かれたい。いっぱい、いっぱい挿れてほしい……っ」

淫らすぎる言葉に、彼は優雅に微笑んだ。

「いいですよ。こんなに清純そうな顔をして、淫らなことばかり言う」

自分の渇きを見せつけられ恥ずかしいが、でも身体が熱い。

だって、これは苛めではない。嘲り（あざけり）でもない。欲望をお互いに見せているだけ。そうすれば、秘密を共有できるから。

ジュードは朔実の体内に挿入した性器を、ゆっくりと動かした。

「あぁ……、あはぁ……っ」

身体の奥に打ち込まれた楔が、朔実の壁をこすり上げる。その甘やかな痛みに、思わず媚びた声が出た。

「蜂蜜の瓶の中に突っ込んでいるみたいだ。ねっとりと熱くて、絡みついて、ものすごく気持ちいい」

音を立てて肉塊を突き立て、焦らすように引き抜く。その淫らさに、吐息が洩れた。

「朔実が淫らすぎるからいけない。私は、あなたに引きずられている。きっとこのまま、溺れて死ぬ。朔実はセイレーンと同じだ。美しい声で私を虜にする怪物め――」

熱に浮かされた声で囁くと、ジュードはさらに深々と突き上げていく。

「あぁ……っ、あ……っ」

グズグズに掻き回されて、いやらしい声が出た。目を開けると、彼の肩に抱き上げられた自らの足先が揺れているのが見えた。

朔実はあっという間に遂情し、ジュードの腹部に精液を放った。

白濁が鍛えられた腹部を流れる。その様は淫靡としか言いようがない。恥ずかしくて頭が沸騰しそうだった。

「朔実、私もいきそうだ。受け止めてくれるね」

放出の余韻に浸る間もなく、朔実に挿入された性器が弾けそうだと伝えられた。

(もしかしたら、子供ができるかな)

(今日の赤ちゃんを授かれたら)

(嬉しくて、頭がおかしくなりそう。すごい。すごい)

空想は朔実の身体を高揚させ、さらに深く男に絡みつく。

抉られるだけの快感ではない。新しい命を授かるかもしれない昂りに、放出したばかりの朔実の性器が、またしても硬くそそり立つ。

倒錯した欲望は、快美を煽る。朔実はふたたび絶頂を迎えた。

「いく、いく、いっちゃう、いくぅ……っ」

無意識に体内の性器を締めつけて、ジュードと朔実は一緒に達してしまった。

ありえないぐらいの快感の波に押し流され、震えながら目を開くと、そこには美しいジュードの顔があった。

二人は抱き合って喘ぎ、そして漂着したのだ。

悦楽を超えた、聖なる楽園へ。

【epilogue】

あーんあーんと泣く微かな声で、うたた寝をしてしまった朔実は目を覚ました。そして、慌てて ベビーベッドを覗き込む。

レースとフリルで飾られたベッドの中で、ふにゃふにゃ天使が愚図(ぐず)っていた。

「はいはい。もう起きちゃう時間かぁ。あと十分、長く寝られるようにしようね」

ふにゃふにゃ柔らかい幼子(おさなご)を抱いて、背中をポンポン叩きながら、朔実は子守唄を歌う。ちゃんとした歌は知らないから、適当な創作だ。それでも天使は機嫌がよくなる。

「ふふっ。じゃあ、おめざの白湯(さゆ)を飲んで、それから本命のミルクだね。んー、きみはミルクの匂いしかしない。食べちゃいたいなー」

ちゅっちゅっと柔らかな頬にキスをして、さて湯冷ましの用意と思ったところで、背後に男が立っていたことに気づく。ジュードだ。

「わ、びっくりした」

朔実が驚くと、彼は幼子と朔実を一緒に抱きしめて、キスをした。

「愛らしい天使が二人もいて、目を奪われました。ここは楽園ですね」

「ずいぶんミルクの匂いがする楽園だ。おかえりなさい」

「ただいま、私の朔実。と、ベイビィちゃん」

毎日のように囁かれる、私の朔実という言葉に、面映ゆさを感じる。だけど。

魂の番と言われていたら、もう抗うことはできない。

今までいろいろなことが起こったけれど、それは、この人に会うためだった。そして腕の中にいる最愛の天使を捕まえるために、自分は悩んできたのだと思う。

「ぼくも……、ぼくも愛しています。ぼくの番さん」

そう囁く顔は、満ち足りたものだった。

朔実の中にあったオメガという恐怖。くるくるくるくる視界は回り、きらきらぱちんと、はじけて消えた。

end

二人の秘密のチョコケーキ

夢を見たのを、憶(おぼ)えている。

キラキラして、幸せで、優しい気持ちになれる、そんな夢。

だけど目が覚めた時、自分の周りには誰もいなかった。パパもママも、おばあちゃんも。ただ冷たい空間だけが目の前に広がっていた。

□□□

「ハッピバースデー、りーおんー。ハッピバースデー、りーおんー」

ウェール伯爵家の、広大な敷地の一角に建てられた別宅の庭。日差しを浴びながら朔実は一歳になったばかりの息子、里桜(りおん)にバースデーソングを歌った。

座るため広げたシートの上には、形ばかりの不格好なケーキが載っている。

「ハッピバースデー、ディア里桜ちゃーん。ハッピバースデー、トゥーユー」

ひとしきりベタなバースデーソングを歌い終わると、パチパチと拍手をした。

「里桜ちゃん、おめでとー」

一人で歌って一人で手を叩く、この虚しさよ。だが、あえて明るい声を出す。当の里桜は、キョトンとした顔をしているが、それも当然だろう。

「うーん。ちょっと淋しいかなー」

本当の誕生日は昨日。昨夜は伯爵家で、盛大なパーティが開かれた。里桜の曽祖父であるウェール伯爵も、腰痛が完治した次郎も列席してくれたし、こんなに名士がいるのかと驚くぐらい、大勢の人がお祝いに駆けつけてくれた。

贅を極めた料理と、美しく彩られたデザート。煌めく銀食器とカトラリー。触れるだけで、澄んだ音がするクリスタルのグラス。

そして会場に用意された弦楽四重奏の、心が蕩けそうな見事な演奏。

しかし朔実の顔は、どんどん険しくなっていった。

（なんだろう、この別世界感……）

ホストであるのだから、堂々としていればいい。だが、それができないのが朔実であり、オメガという生き物である。

今までは質素に生活してきた自分と無縁の、華やかで煌びやかな世界。女性ならば大喜びでこの華やかな場に順応し、楽しめただろう。

でもオメガにとっては、微妙に居場所がなかった。

もちろん、れっきとした里桜の親である。ウェール伯爵家、未来の嫡男を見事に産んだ功労者だ。胸を張っていい。誰も朔実を蔑ろにしない。

皆が笑顔で、おめでとうと言ってくれたり、握手を求められたりした。

その中にいても、なぜか孤独感が募っていく。

上流階級の、キラキラな圧に負けた。そうとしか言えない。

そのため里桜が少し愚図ったのをいいことに、「大変！　里桜がオネムに！」とか適当なことを言って、子供ともども場を退散してしまったのだ。

幸いなことにウェール伯爵とジュードが、後を取りしきってくれたという。

(だってねぇ。あんなフォーマルな場で、真顔でいられる？)

男性は燕尾服。女性はローブデコルテといわれる、胸ぎりぎりまで開いたイブニングドレス。その胸元を飾る大きな宝石。

正式な場でないにせよ、ウェール伯爵家のパーティは、皆が正装で着飾っていた。

伯爵はもちろん、朔実の祖父である次郎も、日本の第一級礼装である紋付き羽織袴の凛々しい姿だ。これは皆に喜ばれ、会話の中心にもなっていた。

もちろん朔実の大切な番は、誰よりも美しかった。

ピークドラペルと言われる剣襟の燕尾服は、上等なカシミアだ。ピケ素材のホワイトタイと、コットン・ピケ・ウエストコート。側章の入ったパンツ。光を弾くまで磨かれた、パテントレザーの革靴。

側章は、ジュードの長い脚をさらに際立たせた。黒いカシミアは濡れ羽色のような漆黒で、ジュードの金髪に映えている。

何より来客たちを出迎えている彼は、堂々としていた。ジュードは姿かたちだけでなく、存在自体が美しいのだ。

　圧倒的な姿に、知らずに朔実の唇から溜息が洩れる。

（すごい。映画のワンシーンみたい。かっこいい……）

　思わず釘付けになってしまう。それは朔実だけでなく、誰もが彼に目を留め、賞賛の溜息をつく。それが朔実の、魂の番。

　改めて思っただけで胸が苦しい。重症だ。

　朔実もちゃんと仕立てて貰った燕尾服を着ていたが、どうにも借り衣装みたいだ。

　そして心を痛くする問題が、もうひとつ。

「ジュードさま。この度はご子息の一歳のお誕生日、まことに喜ばしいことでございます。そうそう、これは当家の二女、アイリーンと申しまして」

「これは抜けがけを。ジュードさま。我が家の娘を覚えておられますか。ベアトリスは今年ハイスクールを卒業し、ケンブリッジへ上がりまして」

　次から次へと、自分の娘を売り込む名士が続出したのだ。

（里桜の誕生日祝いって確実に、かこつけだよね。オメガの番なんて認めていないし、きっと相手にもしていないんだろうな）

　でも、ここに集まったのが口実だとしても、それでいいと思う。

　年老いたとはいえウェール伯爵の名の下に、これだけの名士が参じる。そのことが貴族にとって、何よりの誇りなのだ。

その証拠に伯爵はとても満足そうだったし、次郎も楽しそうだ。誕生会を開いてもらって、本当によかった。

……とわかっていても、朔実の心は晴れなかった。

溜息の理由は、もうひとつ。ジュードにお嬢さまが紹介されるということは、朔実が認められていない証拠だからだ。

ウェール伯爵家の後継者を産んだ、とりあえずの功労者。あとは用済み。

さっさとその場をどいて、血筋正しいお嬢さまにお譲りしなさいと言われているみたいだ。

そんなプレッシャーが、心を悩ませていた。

考えれば考えるほど、気持ちは昏くなっていく。

「朔実さまぁ」

昨夜のことを思い出して、どんどん昏くなっていたその時。明るい声に名を呼ばれて顔を上げると、見慣れたメイドが走ってくる。

「アメリ、どうしたの？」

「どうしたのではございません。こんなところで、お祝いなんて。あぁっ、しかも、チョコレート・ビスケット・ケーキではございませんか。こんなジャンクケーキを、朔実さまが召し上がるなんて！」

怒られて首を竦めた。確かに広げたレジャーシートの上には、ビスケットをチョコで固めたケーキに、ロウソクが一本立って、紙皿に盛ってあった。

二人だけでお祝いするにしても、ケーキがないとサマにならない。そう思って、伯爵家のシェフに頼み込んで厨房を貸してもらい、ひとりで作ったものだった。

適当に割ったプレーンビスケットに溶かしたチョコレートとバターを混ぜて、冷蔵庫で三時間。きっちり冷やし固めてでき上がり。

簡単ジャンク。でも子供は大好き、ご馳走ケーキだ。

「おいしいよ。アメリも食べる？」

笑いながらケーキを差し出した。だが実はこの時、朔実はヒヤヒヤしていたのだ。

レジャーシートを敷いて、ささやかすぎるパーティの開催だと思ったら、小さなネズミたちが植木の陰から顔を出したのだ。

久しぶりの再会に、朔実は大喜びだった。

持っていたチョコケーキの欠片を、ちょいちょいと離れたところに撒いてやる。

「里桜がいるから、近くには来ないでね。ごめん」

小さな子供に、ネズミはご法度。そう思って距離を取っていた朔実の事情など知らぬネズミたちは、ケーキを食べて満足し、おとなしく庭の方へと帰っていった。

どこかに巣でも作ったらしい。屋敷を改装したから居場所がなくなったが、ちゃんと住処を見つけて、親子仲良く暮らしているのだ。

ほのぼのした気持ちだったが、アメリはネズミが大嫌い。女子として正しい姿だ。

何しろ、こちらは一歳の幼児を連れている。何かあったら、冗談ごとではすまない。伯爵家を巻き込んだ大騒動になるだろう。

（ぼくはダメ親だろうな。久しぶりに会えたから、つい嬉しくて……）

しかしアメリはネズミがいたことなど知らないから、もっぱらケーキのほうに関心が行っていた。作戦成功である。

「アメリはこんなケーキ食べたことはない？　ぼく大好きなんだよ」

「このチョコケーキが美味しいのは、わたくしも存じていますが……」

「だよねー。切り分けるから、ちょっと待って」

庶民の味は、いつでも正義。

チョコで固めたケーキはナイフで切れる。それを紙皿に盛って差し出すと、アメリは困ったような顔をした。

「い、いえ。わたくし、そんなつもりでは」

「食べてよ。里桜のバースデーのお祝いだから。紅茶もあるんだよ」

プラスチックのカップをいくつか持ってきた。役にたってよかったと紅茶を注ぐ。

「はい、どうぞ」

紅茶のいい香りを前に、彼女も折れたようだ。

「ありがとうございます。では、いただきますね」

「召し上がれ。里桜にチョコケーキは早いし、余らせちゃうとこだった」

二人でチョコケーキにフォークを入れ、パクっと口の中に入れる。とたんに懐かしい味が広がった。そうそう、コレコレ。

「この味……っ」

「おいしいよね。本当のレシピは、チョコとバターを溶かす時に、砂糖を入れるらしいよ。でもチョコの甘さだけで、十分だと思うんだ」

「はいっ、絶品です！」

二人は並んで、もぐもぐケーキを食べた。実に平和な光景だ。

「でも、そろそろ屋内に入りませんか？　里桜さまがお風邪を召したら一大事です」

「そうだね。いちおう里桜には、カイロを四つ巻きつけてあるんだけど」

赤ん坊の上着をピラッとめくると、そこには布で巻かれたホカホカのカイロがあった。

「まぁ。どうりで、ご機嫌だと思った」

「日差しが当たって暖かいけど、食べたら中に入るよ」

「ま、ぁまままー」

里桜がアブアブ何かを言っている。まだママとは呼べない。今のはフライングだ。

「でも朔実さまは、どうしておひとりで、こんな所にいらっしゃるのですか」

アメリはケーキを楽しみながらも、器用に里桜をあやしてくれる。その安定の手つきに感動しながら、朔実は少し考え込んだ。

「夕べのパーティで、ちょっと考えるところがあって」

「何か、おかしなところがありましたでしょうか。ご盛況で終わりましたし、ご来賓の皆さま方も、満足なさっていました。本当に、素敵なパーティでしたわ」

「そうなんだけど庶民のぼくは、ああいうハイソな世界は馴染めなくて」

「……さようでございましたか」

「別世界の出来事って受け止めればいいのに、いろいろ考えちゃった。ここは、ウェール伯爵家で、おじいさまはご当主で、ジュードは次期伯爵で。……でもさぁ、ぼくは何なんだろうって考えたら、もう泥沼」

きゃっきゃと笑う幼子を抱きしめ、背中をポンポンしてやる。

「ぼくは場違いなオメガで、後継者を産んだから、いることを許されている。でも、本来なら、こんな煌びやかな場所にいていい人間じゃないなーって」

「そんな……、場違いだなんてこと、絶対に、絶対に、絶対にございません！　それに次郎さまだって、伝統と美が感じられるお着物姿が、とっても素敵でした！」

彼女がムキになって、声を張り上げた。朔実は、それに笑みを浮かべる。

「そうだねぇ。おじいちゃんは異様なほど、馴染んでいた気がする……」

優しいアメリを困らせても仕方がないので、自分も祖父を褒めた。確かに次郎ぐらい自分が確立している人は、状況なんかで揺らがない。それが正しい。

でも、朔実は頭の中をうまく整理できない。だから今朝も、ジュードの顔を見ないように、ここへ逃げてきたのだ。

今日、彼は大学院に行く予定だから、このまま顔を合わせずに済むだろう。

「ごめんね、変なことを言った」

見ると彼女は顔を真っ赤にしている。憤っているのだ。朔実の情けない発言のために。そう考えると、申し訳ない気持ちになった。

「……なんか昨日は、どこ見ても大貴族さまとか、綺麗なご令嬢ばかりだったでしょう。気持ちが不安定になっちゃったんだよね」

愚痴りながら、ケーキを口に入れる。甘さが口の中に広がって、笑みが浮かんだ。

しあわせ。

甘味が与えてくれる、手軽な幸福。

確か砂糖は麻薬と同じメカニズムで、脳に快楽を送ってくれるという話を、テレビで見たことがあった。

だから依存性が強いし、中毒性があるらしい。ちょっと怖いなと思ったけれど。

でも、人は簡単にハッピーになりたい。特に、つらい時は楽になりたい。それがたとえ、食べたら無くなるケーキだとしても――。

それを誰が責められるだろうか。

子供の頃、家族に囲まれて満ち足りていた。オメガとして生きることは不安だったけど、両親や祖父母がいてくれるから、きっとなんとかなると思っていた。

逞しいパパ。優しいママ。しっかり者の祖母。口が悪いけど愛情深い祖父。

どこにでもある、平凡な、平穏な家庭だった。

でも。

三人は車に乗って、そのまま天国に行っちゃった。

今日のお夕飯は朔実の大好きなカレーよって、ママと約束した。

でも家族は帰って来なかった。

初めて目にした、おじいちゃんの涙。もう呼ばれない自分の名前。優しい笑顔。二度と食べられないママのカレー。

永遠に喪った、大切なものたち。

そんなことを考えていたら、涙が滲みそうになる。慌てて皿に残ったケーキを口に入れて、もりもり咀嚼（そしゃく）する。でも効き目がない。

仕方ないので、新たにケーキをカットして皿にのせる。食べて誤魔化す作戦だ。

「朔実さま、そんなに食べて大丈夫ですか？」

「大丈夫。ごはんで調整するから。アメリも食べる？」

「もう、お腹いっぱいです」

レシピを無視して砂糖抜きで作ったとはいえ、やはりケーキはケーキ。ビスケットを山のように入れているし、容赦なく甘い。

でも、朔実は無理やり食べる。

だって涙が溢れそうになっていたから。

「アメリは小食だね。やっぱり女の子なんだなぁ」

泣くのを我慢しているせいか、耳まで遠く感じられる。その時。

「やはり、いただきます」

急に皿を差し出されたので、涙を見られないよう顔を伏せたまま、受け取った。

「ぼくさぁ、パティシエが作ってくれるスイーツも好きだけど、こういう品のないお菓子が大好きでさ。こういうところが育ちが出るっていうか、この伯爵家と馴染めない所以かもしれないね」

「そんなことはありません」

ケーキがのった皿を手渡したかったけれど、顔を上げると泣きべそがバレる。

それは恥ずかしいので、自分が座っている右側のレジャーシート上に置いた。

「どうぞ」

「ありがとうございます」

皿が視界から消えたのを確認して、冷めた紅茶を飲む。

少し頭がスッキリした。自分は女々しいなぁと、恥ずかしくもなる。でも、こんな場でなければ言えないいから恥を承知で、愚痴を続けた。

「アメリは忙しくて、見てなかったかもしれないけどさぁ、貴族の家のお嬢さまが、次から次へとジュードのところに来るの。なんか、お見合いみたいだった」

里桜の誕生日祝いが壮大なフェイクで、実はジュードのお見合いだったかもしれない。だとしたら、里桜だって可哀想だ。

……ダメだ。どんどん悪い考えに陥ってくる。

「ぼく、なんか気持ち悪いよね、忘れて」

そう言ったが、返事がない。

「何がそんなに不安なんですか」

冷静な声に問われて、また涙が浮かびそうになった。こんなの変だ。自分じゃないみたいで、戸惑いがぐるぐる回る。

「ジュードがいつか、ぼくじゃない誰かの手を取るんだろうなって不安だ」

そこまで言って、とうとう本格的に恥ずかしくなった。話題転換しようとした、その時。

「ぱぅぅああー！」

里桜がいきなり明るい声を出した。楽しそうに手足も動かしている。そこで、ようやく幼児を外に出し過ぎていると気づいた。

「もう寒いね。里桜、おうちに帰ろうか」

だが息子は「ぱうっ、ぱうっ」と声を出していた。何を興奮しているのかなと思って顔を上げて、そこで硬直する。

アメリがいるはずの場所に座っているのは、ありえない人だからだ。

「……うそ」

ジュードがジャンクなケーキがのった皿を持ち、安っぽいシートの上に座って自分を見ていたのだ。

里桜が、はしゃいだ理由がわかった。大好きなパパが来てくれたからだろう。

「ジ、ジュード……、いつからそこに」

「アメリがケーキを断り、あなたが自分で食べると言い出した辺りです」

――けっこう前の話じゃないですか。

内心ビクビクものだったが、あえて平坦な声を出した。

「里桜が大人しかったから、気がつかなかった」

「私がアメリと入れ替わる時、彼女が気を利かせて里桜の視線を他の方向に向けてくれたんです。でも暴れん坊だから動きまくり、位置が移動してしまい騒がれました」

どうせなら、早めに気づいてほしかった。

知らんふりで話を聞いているなんて、人が悪すぎると怒りさえ湧いてくる。

しかし心の中で反論しつつも、声に出せるはずもない。

恐々と彼を見ると、驚いたことにジャンクなケーキを口にしている。

「や、やめなよ。おいしくないでしょう」

「いえ。母が昔、作ってくれたものと似ています」

「ええっ⁉」

素（す）っ頓狂（とんきょう）な声が出た。だってジュードのお母さんは、確か生粋のお嬢さまのはず。こんなジャンクなケーキなど、知る訳がない。

「またまた。ぼくを慰めようとしているの？」

「いえ。このケーキは女王陛下もお気に入りなのは、有名な話ですよ」

思わず青くなってしまった。いきなり話が大きくなりすぎている。

「じょおうへいか……？」

「王室ではお茶の時間に、よく作らせていると聞いたことがあります。由緒正しいジャンクなケーキですね」

唖然（あぜん）としてしまった。こんな、割って混ぜて冷やすだけのケーキなのに。

「うっそー……」

「嘘ではありません。私も久しぶりに食べました。懐かしい味です」

そう言われて心の中の何かが、ぱちんと音を立てて弾けた。

『母が昔、作ってくれたものと似ています』

——そうだ。自分だって同じ。

これは、ママに作ってもらったケーキ。

どうして今まで忘れていたのだろう。これを作ってくれたのは、ママ。思い出すのがつらすぎて、封印していた記憶が一気によみがえる。

学校が早く終わった時には、二人で笑いながらビスケットをバキバキに割り、チョコレートと混ぜて冷やした。冷蔵庫の前で、まだかな、まだかなと待った。

不格好だけど、ピカピカのお菓子。

あのケーキ、おいしかった。

すごく、おいしかった。

そう思った瞬間、涙が瞳から溢れて零れ落ち、ぽたぽたシャツに染みを作る。

「朔実?」

「う、……う……っ」

ずいぶん前に亡くなって、もう諦めたつもりだった。でも、思いを断つ心境になれるはずがない。

だって、この世で唯一無二の、大切な人なのだ。

「ママ……、ママ……っ」

絞り出すような声で泣くと、ジュードは朔実を強く抱擁してくれた。

泣いていいんだよというように、背中を擦ってくれる。

感極まって大泣きしそうになったその時。

「まま……、ままま、んま。……ままぁ！」

里桜がいきなり、ママと呼んだ。

びっくりだ。

ジュードの胸に埋めていた顔を上げ、我が子をマジマジと見つめた。すると彼は、ニッコォーと満面の笑みを浮かべ次の瞬間。

「ままま、ままま、まま、まま、ままぁ、ままぁ！」

突然のママの連射。里桜は手足をバタバタさせて、ご機嫌である。ただの偶然かと思ったが、朔実に向かって両手を差し出していた。

「ままままままま、まま！」

「里桜……っ」

思わずジュードの腕から離れ、里桜を抱きしめた。

「ママって言ったね？　言ったね？　嬉しい。里桜、もう一回ママって言って！」

「まぁーまぁーっ、まぁま、ままっ、ままっ、んままーっ」

　ノリノリでママの大サービス。それを聞いて、朔実はまた涙が溢れてくる。

　ママかマンマかわからない発音だったけど、我が子が初めて、自分をママと呼んでくれたのだ。溢れる涙は、さっきまでの悲しみの涙ではない。

　歓喜の雫だ。

「里桜、里桜！　すごいぞ、お利巧！　天才！　神童！」

　嬉しくてキャッキャしていると、隣から低い声がした。パパである、ジュードだ。

「朔実、ママと呼ばれて嬉しかったでしょう。実に喜ばしい。では里桜。今度は、パパと言ってみましょうか」

「ぱぅ？」

「そうではない。パパです」

「ぱーぷぅー」

「違う。パパだよ。パ・パ」

「ぱぅわ、ぱぅわ、ぱぅわ、ぱぅわ、ぱぅううう！」

「――わざとか」

　眉間にシワを寄せ苦悩する彼に、朔実は吹き出してしまった。

「いきなりパパって呼べなくても、仕方ないよ。また次にトライしよう」

「……私は、パパ失格のようです」

声がずいぶんと静かだったので顔を見ると、彼は落ち込んだ表情だ。これは、もしかしなくても、ものすごく傷ついているのだ。

朔実は広げたピクニック用の食器を籠にしまった。それから離れたところにいたアメリを小さな声で呼び、籠を差し出した。

「アメリ、ごめんね。これ屋敷に持って行ってもらえるかな」

「かしこまりました」

「あとひとつ、お願いしたいんだ。籠を屋敷に持っていったら、里桜を預かってほしい。ジュードと二人で話をしたくて」

勘のいいメイドは、はい！　と明るく答える。そして籠を持った手とは逆の手で、幼児を抱き上げてしまう。

その逞しさに、朔実は慌てた。

「いや、無理しちゃダメだよ。順番にやろうよ。まず籠を持ち帰って、それから悪いけど里桜を連れて帰って。いっぺんには持てないって」

「わたくし、一気に動くのが性にあっておりますので。里桜さまは、お屋敷にお連れしたら白湯を飲ませてお昼寝、でよろしいでしょうか」

「う、うん……」

「承知いたしました。それでは！」

　察しがいい彼女は細い身体に似合わず、実に逞しかった。ガッシガッシという足音が聞こえそうな勢いで、食器の入った籠と幼児を抱えて屋敷に戻っていく。

「アメリは、どうしたんだ」

　ジュードも突然のことに戸惑いを隠せないらしい。

「いったい、いきなり里桜を担いで戻っていったが……」

「ぼくが頼んだ」

「え？」

「アメリはぼくより、よっぽど子供の扱いに慣れている。だから預けたんだ。ぼくね、ジュードとちゃんと話がしたい」

「私と？　改まって、どうしました」

「うん……。ちょっと歩きたい。手をつないでもいい？」

「いいですよ。でも、急にどうしたんですか」

　ふだんは甘えたりしない朔実が、いきなりのベタベタ。

　この不自然極まりない態度は、不審がられても仕方がない。

　でも、それでいいと思った。

ちっちゃな幼児にパパと呼ばれなかっただけで、傷ついてしまう人。そんな繊細なところが、すごく素敵だと思う。

自分はジュードという人が、とても大切だ。

うんと甘えて甘やかして、優しくしてあげたいと思った。

もちろん、彼の最愛ベイビィちゃんには敵わないけど。いつもこうやって手を握って、一緒にいたい。

朔実とジュードは、敷地内の雑木林へと歩き出す。

庭園の中でもよかったけれど、自然がたくさんあるほうがいいと思ったからだ。

「あのね、赤ちゃんは気まぐれなんだよ」

「え？」

「パパよりママの方が言いやすいから、ついママって呼んじゃうんだと思うよ」

そう言うと、ジュードは吹き出した。

「なんで笑うの？」

「いや、すごく心配そうな顔をしているから。ごめんなさい。不安にさせてしまったのですね。私はパパと呼ばれなかったからといって、落ち込んでいませんよ」

そう笑われたけど、ちょっと違う気がした。

ジュードは洒脱な紳士だし、物事に動じない人だ。だけど家族や恋人のことには、とても繊細だと思う。

それは子供の頃、大切な親をいっぺんに失ったから。

ひとりは死によって。ひとりは出奔によって。そのことが、この人の心をどれだけ傷つけたか、朔実にはわかっている。

大人の男の人だけど、心の奥底には繊細な少年が隠れている。

どう言って慰めればいいのか考えていると、優しい声で笑われた。

「まぁ、あそこまで極端にママとパパを区別されたら、さすがに傷つきますけど。あれは里桜も、わかっていてやっていますよ」

「まさか。だって、あの子はまだ一歳だよ」

「一歳だろうが、乳幼児だろうが。子供はいつだって、親の気持ちを試す生き物です。それは、自分がどれだけ愛されているか知りたいがゆえですよ」

「親の気持ちを、試す……」

自分はどうだったかな。朔実は記憶を手繰（たぐ）り寄せる。

親を試したいと思ったことが、あっただろうか。

「ぼくもそうだったのかな。うーん、よく覚えていないないなー」

「まぁ、私も朔実もひとりっ子ですからね。ライバルがいないぶん、親の愛情は独り占めだったのでしょう」

「あ、そうだ。争う敵がいなかった！」

この一言にジュードは、また笑った。

「兄弟、姉妹は敵ですか」

「だって友達とかに聞くと、けっこうな争いがあるらしいよ。ケーキの切り分け、カレーのお肉の配分、テレビの争奪戦……」

言ってはみたが、急に恥ずかしくなって止めた。伯爵家の嫡男であるジュードの周囲の人間が、ケーキの切り分けで争うはずがない。

すると隣を歩いていた、生まれながらの貴公子が、驚くようなことを言った。

「さっきのケーキ、また作ってくれますか」

「えっ、あのジャンクケーキ？」

「はい」

「いいけど。あれ、すごく簡単だから、今度いっしょに作ろうか」

バカな提案をすると、ジュードはいいですねと笑った。

「朔実のママの味。私の母の味。大事にしましょう。これを里桜にも教えてあげるんです。クッキーをチョコで固めただけなのに、こんなに美味しいぞって」

「あははっ。それ、いいね！」

「ええ。朔実がママと一緒に作ったように、我が家も朔実と里桜と私とで、ベタベタのチョコケーキを作るんです。きっと、毎日が笑いに満ちている」

「そうだね。きっと、おいしい毎日だ。でも、あのケーキはカロリーがものすごいから、運動もしなくっちゃ！」

そこで二人は、声を合わせて笑った。

先ほどまでの、切ない思いに満ちたものと違う笑いだ。

自分たちはケーキに悲しい思い出なんか込めたりしない。子供はいつだって笑顔で、おやつを楽しみにしなくてはならないのだ。

「でも、ひとりじゃダメだよね」

朔実がそう言うと、ジュードは首を傾げた。

「ひとりっ子って、なんでも自分のものにできるでしょう。愛情も、玩具も、教育も。まぁ、楽は楽だけど、つらいことも自分ひとりで受け止めなくちゃならない」

そう。親がいなくなった時、自分が祖父を支えなくてはならなかった。オメガとして生きる苦悩も、自分で受け止めるしかなかったのだ。

きっと幼かったジュードも両親のことで、ひとりで窮(きゅう)していただろう。

もちろん自分の問題だから、ひとりで頑張るのは当然のことだと思っていた。だけど、やっぱり誰かと気持ちを共有したかった。

「ぼく、もっと赤ちゃんが欲しいな」

「朔実……」

「兄弟がいるのって、ぜったい楽しいよ。戦うことも多いけどね」

そう呟いてから、顔が真っ赤になるのがわかる。

（わーっ。わーっ。わーっ。言っちゃった！　言っちゃった！）

ヒートでもないのに、何を口走っているのか。自分で自分が恥ずかしくなる。

これは誘っているということか。いや、自分はオメガだから誘っていいのか。何が正解かわからない。誰か助けてほしい。

もう逃げ出してしまおうかと思った瞬間、いきなり腕を引き寄せられる。

「え……っ」

次の瞬間、大きな胸に抱きしめられた。すごく強い力だったから、息が止まりそうになった。

びっくりしていると、両頰を手で支えられた。

「里桜の兄弟が欲しい。本当ですか」

どこか紅潮した頰のジュードが、蕩けそうな表情で自分を覗き込んでいた。

「朔実。私との子供が欲しいってことですね。また、子供を産んでくれますか」

「え、あの……」

ここまで真正面から訊かれると、顔が赤くなってくる。

番になったのだし子供も生まれたのだから、もう子供を作る必要もない。普通の関係に戻っていいのだ。それなのに、また子供が欲しいという自分は、欲が深すぎる。

でも。それでも。

自分はジュードと、また結ばれたい。そして子供が欲しい。

何人でも、何人でも。もうバスケットチームができるくらい。

「うん。ぼくね、ジュードとの間だったら、子供は何人いてもいい。赤ちゃんが欲しい。ちっちゃい子が走り回る家にしたい。うるさくって、キーってヒステリーを起こすぐらい、賑やかな家がいい」

そう言うと、またしても強い力で抱きしめられた。

「素敵だ！」

高揚した頬のジュードは、夢を見るような瞳をしている。

それが、とても綺麗だった。

美しい人のこんな表情は、まるで一枚の絵画のようだ。

「私もです。朔実との間にならば、何人でも子供が欲しい。たくさんの子に、パパと呼ばれたい。ぜったい幸せにしたい。朔実と――人生を歩みたい」

「ジュード……」

彼は潤んだ瞳で朔実を見つめると、唇を寄せてきた。思わず目を閉じてしまう。

唇が触れ合うと、痺れるように身体が震えた。

「愛しています。私の朔実。私のオメガ。私の、魂の番……」

そう囁かれて、嬉しくて泣きたくなった。

自分はきっと、この人に逢うために生まれてきた。

ありえないぐらい悲しかった家族の喪失。オメガとして、何度もつらい思いをした。それらすべてが、ジュードに巡り合うための定めだとしたら。

「ジュード、だいすき」

子供っぽい声で言うと、また強く抱擁される。

「ジュード、すき。だいすき。すっごく好き」

「ええ。ええ。もちろん、わかっています……っ」

呆(ほう)けたように好きを繰り返し、困ったように笑われた。そんなふうに微笑まれると、胸が掻きむしられるみたいに愛しさが募る。

「ぼくはオメガでよかった」

「朔実……」

「オメガって言われてから、やなこと、いっぱいだった。でも、ジュードの番になれた。オメガだったお陰だね。里桜を産めてよかった」

それ以上は、もう言葉にできなかった。抱きしめられて、唇を塞がれたからだ。

里桜は愛しい男の背中に手をまわし、愛おしく抱きしめる。

　オメガとして。番として。

　そして朔実という人間として、ジュードを抱きしめた。

□□□

「ぱぁーぱぁ。ぱぁーぱぁ。ぱぱぱぱぱぁーぱぁ」

　アメリと屋敷に戻ってから、里桜はパパの嵐だった。

「里桜さま、どうなすったのですか。さっきまでパパと呼べなかったのに」

　この暴風雨のようなパパの連呼に、アメリは困って幼児を抱き上げる。

「もうじきジュードさまと朔実さまが、お帰りになりますからね。いい子にして待っていましょうね。戻られたら、一番にパパって言ってさしあげてください」

　そう言ってやると、幼子はじっとアメリを見つめた。そして首を傾げる。

「ジュードさまは、とても繊細な方です。里桜さまに、パパと呼ばれたいんですよ。ぜったい、お願いしますね」

　そう諭すと里桜はニコッと笑い、悪い目をする。

「ぱぴぷ、ぱぱぷ。ぱらぱらぱぁ」

「……なんだか、わかっていて、やってらっしゃるみたい」

アメリがそう呟いたのと、ジュードと朔実が手を繋いで屋敷に歩き始めたのは、ほぼ同じタイミングだった。

その時、小鳥が大きな鳴き声を上げた。外を歩いている朔実は、その囀り(さえず)に顔を上げる。

もう夕方だ。早く帰ろう。里桜が待っているのだから。

早く大切なあの子を、抱きしめてあげたい。そして、世界でいちばん大好きだよと言いたい。

「ジュード、早く早く」

愛する人を急かして、歩を進めた。

甘いチョコケーキのような、甘ったるい幸福に酔いしれるために。

end

あとがき

Ｄａｒｉａ初のオメガバース！　お手に取ってくださり、ありがとうございます。

イラストは、明神翼先生にお願いしました。

先生の美しく神秘的なキャラの数々、心に染み入ります。そして今回の朔実とジュード、里桜の愛情あふれる家族ショットは、先生のアイディア！　神か。神なのか。

明神翼先生、すばらしい作品をありがとうございました！

担当さま。Ｄａｒｉａ文庫編集部さま。いつもご面倒ばかりおかけしてすみません。

今回は長年お付き合いくださっている担当さんと、もうお一人の担当さんにご担当いただきました。お二人には沢山ご指導いただき、感謝の一言です。

営業さま、制作さま、販売店の皆さま。今回もお力添えいただき、ありがとうございました。おかげで、本書が読者さまのお手元に届きます。今後も、よろしくお願い申し上げます。

読者さま。本当に感謝の言葉しかありません。読んでくださり、ありがとうございました！

弓月はこの本でＤａｒｉａ文庫が十冊目です。奇跡で快挙で神変(しんぺん)です。どうか、これからも見守ってください。皆様に育てていただいている、弓月あやです。

それではまた次にお逢いできることを、心から祈りつつ。

弓月あや　拝

こんにちは、明神翼です☆
「貴公子アルファと桜のオメガ」
もぉとってもキュン♥な萌え
いっぱいのステキなお話で
とても楽しんでイラストを
描かせていただきました✿
弓月あや先生、素晴
しい萌えをどうもあり
がとうございましたー！
りおんカワイイ♥
みょうじんつばさ☆

初出一覧

ダリア文庫をお買い上げいただきましてありがとうございます。
この本を読んでのご意見・ご感想・ファンレターをお待ちしております。

〒170-0013 東京都豊島区東池袋3-22-17　東池袋セントラルプレイス5F
(株)フロンティアワークス　ダリア編集部
感想係、または「弓月あや先生」「明神 翼先生」係

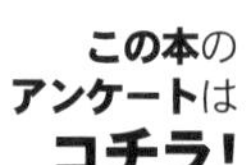

http://www.fwinc.jp/daria/enq/
※アクセスの際にはパケット通信料が発生致します。

貴公子アルファと桜のオメガ

2020年11月20日　第一刷発行

著　者

弓月あや

発行者

辻 政英

発行所

株式会社フロンティアワークス
〒170-0013 東京都豊島区東池袋3-22-17
東池袋セントラルプレイス5F
営業　TEL 03-5957-1030
編集　TEL 03-5957-1044
http://www.fwinc.jp/daria/

印刷所

中央精版印刷株式会社